Colline

Du même auteur aux Éditions Grasset :

Jean le Bleu
Mort d'un personnage
Naissance de l'Odyssée
Que ma joie demeure
Regain
Un de Baumugnes
Les vraies richesses

JEAN
GIONO

Colline

roman

Bernard Grasset
Paris

Jean Giono / Colline

Parlant de sa vocation littéraire provoquée par la lecture d'un livre de Kipling durant son adolescence, Giono écrivit un jour : « C'est cette simple phrase qui a tout déclenché. J'ai senti avec certitude que j'étais capable d'écrire moi aussi : "Il était sept heures, par un soir très chaud sur les collines de Senœ", et de continuer à ma façon. » De ce jour, l'œuvre de Giono n'a cessé de proliférer, abordant tous les genres avec une réussite égale, jamais démentie, que ce soit le roman, la nouvelle, le théâtre, l'essai, l'autobiographie romancée, le texte de combat, le scénario, le livre d'histoire.

Développée par Giono lui-même, la tradition veut que son manque d'argent (son père était cordonnier, sa mère repasseuse) l'ait amené à lire principalement les classiques de la collection Garnier, en particulier ceux de la littérature grecque et latine, qui marquèrent beaucoup sa culture, nourrie de surcroît aux sources d'une bonne connaissance biblique.

Le spectacle à la fois grandiose et désolé des montagnes de Haute Provence, que Giono jeune avait coutume de contempler pendant ses vacances, est la deuxième grande source d'inspiration de son œuvre. En effet, il a l'intuition qu'entre l'homme et le cosmos existe une unité profonde que les gran-

des mythologies ont déjà exaltée et que l'art – l'art du conteur en particulier, celui qui fondamentalement est le sien – se doit de célébrer à nouveau.

Il s'y attache dans ses premiers romans: Naissance de l'Odyssée, *achevé en 1927 mais qui ne paraîtra qu'en 1930, chez Kra, puis* Colline, *publié en 1928 dans la revue* Commerce, *chez Grasset l'année suivante dans Les Cahiers Verts,* Un de Baumugnes *(1929),* Regain *(1930). L'inspiration dionysiaque de Giono imprègne ces récits dont l'action se passe dans une Provence beaucoup plus mythique que réaliste. En véritable poète, il chante le jaillissement de la vie, l'extraordinaire bonheur d'exister, la jouissance que procurent les richesses naturelles par opposition à une morale du sacrifice et du renoncement dont il n'a jamais subi la moindre influence, à l'inverse d'un Gide, par exemple. On l'a compris, la philosophie de Giono évolue vers une certaine conception mystique de la nature en même temps qu'une acceptation lucide mais tranquille de la condition humaine, la mort en particulier.*

Pendant les années 30, l'animisme et le panthéisme de Giono l'amènent à prendre un certain nombre de positions. En effet, Que ma joie demeure *(1935) inaugure une ardente dénonciation de la civilisation moderne. Face aux plaisirs simples mais authentiques de la terre, Giono oppose la pseudo-abondance de la ville moderne, génératrice de corruption et de frustration. Dans une bonne mesure, la ville est l'expression du mal car c'est elle qui provoque la guerre.*

Il concrétise cette aspiration d'un retour à la nature dans les réunions du Contadour dont la première se tient en 1935. Le propos est clair: « Nous ne sommes partis qu'après avoir acheté tous ensemble une maison, une citerne et un hectare de terre autour. Là est désormais notre habitation d'espoir », écrit-il. Ces rencontres, qui éditent une revue, les Cahiers du

Contadour, *se tiennent deux fois par an jusqu'en 1939 et affirment d'emblée leur caractère antifasciste. A mesure que la situation internationale se dégrade, Giono s'avance plus à fond dans le combat politique. Très marqué par la Première Guerre mondiale qu'il a dénoncée dans* le Grand Troupeau, *il affirme un pacifisme intransigeant. Dans* Refus d'obéissance, *il confie son regret de ne pas avoir déserté pendant la guerre; dans sa* Lettre aux paysans sur la pauvreté et la paix *qui paraît au lendemain de Munich, il dénonce les appels à l'union sacrée, incite les paysans à refuser la conscription et à affamer les villes. Ce pacifisme extrême, il le maintient lors de la mobilisation, ce qui lui vaut son incarcération quelque temps, tandis qu'en 1944, malgré une vie publique très discrète pendant l'Occupation, il est arrêté à nouveau, comme vichyssois cette fois. Même si l'on n'a pas eu de responsabilités officielles dans la France du Maréchal, il ne fait pas bon à la Libération avoir été le chantre d'une paysannerie quelque peu utopique, ni avoir célébré les vertus de la terre.*

La guerre ne tarit pas l'élan créateur de Giono dont l'activité reste étonnamment féconde, mais elle opère des modifications. Le ton se fait plus grave, l'écrivain se révèle moins préoccupé de capter et de traduire le flux perpétuel de la vie, en même temps qu'il conçoit ses personnages de manière différente, en quoi on a voulu reconnaître l'esprit et la manière de Stendhal. Le cycle du Hussard *domine cette période. Il est composé de:* Mort d'un personnage *(1949, « Cahiers Rouges »)*, le Hussard sur le toit *(1951)*, le Bonheur fou *(1957)*, Angelo *(1958), les* Récits de la demi-brigade *(1972), même si la chronologie de la rédaction est différente et si chaque roman ne prolonge pas strictement le précédent. D'aucuns voient là le meilleur de la production gionesque et en Angelo, le héros, un frère de Fabrice dans* la Chartreuse de

Parme. *Parallèlement, Giono entame les* Chroniques, *récits plus brefs, plus denses, où il varie les procédés narratifs. Son univers devient plus sombre, réserve une place plus grande à la question obsédante du mal. Il fait également œuvre d'historien, de scénariste, d'essayiste. Il meurt à Manosque en 1970, à l'âge de soixante-quinze ans.*

Publié d'abord dans la revue Commerce *puis chez Grasset dans les « Cahiers Verts » en 1929,* Colline *est très vite un succès important qui ne fut pas sans influence sur la décision de Giono d'essayer de vivre de sa plume.*

Colline *forme avec* Un de Baumugnes *et* Regain *la trilogie de* Pan, *mais n'est en aucune façon une suite et peut se lire de manière indépendante. Pan, c'est le dieu des champs et des bois, du silex et des nuages, des criquets et de l'homme, bref de la force vitale et naturelle... Giono plante son décor dans un hameau provençal : quatre maisons cernées de blé, de lavande, de genièvre. Le père Janet contemple cette nature depuis des années, il connaît les sortilèges et les secrets qui bruissent sur la colline. En montrant où il fallait creuser pour capter l'eau, c'est lui qui a donné une fontaine, et donc la vie, au village. Mais aujourd'hui, Janet se fait vieux ; couché près de l'âtre, il attend la mort en délirant à moitié. Des paroles mystérieuses, menaçantes, giclent de sa bouche édentée. Il « déparle », ses proches s'inquiètent, c'est peut-être le signe qu'un danger entoure le village. La fontaine ne tarde pas à tarir, une fillette tombe gravement malade, un incendie détruit les terres... Jaume, celui qu'on écoute dans le village, est persuadé que cet enchaînement de malheurs est provoqué par le magnétisme, devenu négatif, de Janet : le vieux sorcier a décidé de les précipiter avec lui dans la mort. La seule solution serait de le tuer...*

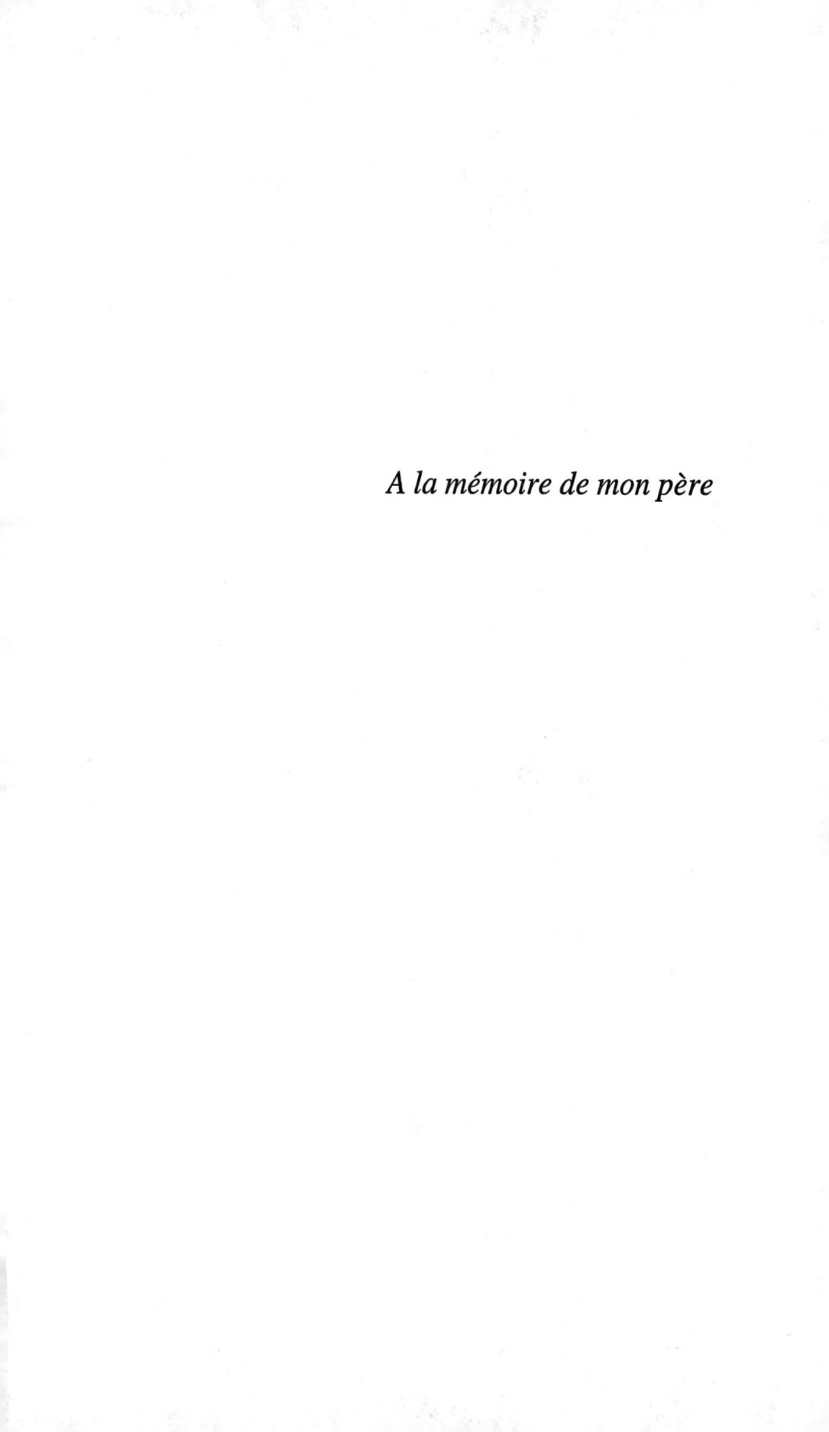

A la mémoire de mon père

Quatre maisons fleuries d'orchis jusque sous les tuiles émergent de blés drus et hauts.

C'est entre les collines, là où la chair de la terre se plie en bourrelets gras.

Le sainfoin fleuri saigne dessous les oliviers. Les avettes dansent autour des bouleaux gluants de sève douce.

Le surplus d'une fontaine chante en deux sources. Elles tombent du roc et le vent les éparpille. Elles pantèlent sous l'herbe, puis s'unissent et coulent ensemble sur un lit de jonc.

Le vent bourdonne dans les platanes.

Ce sont les Bastides Blanches.

Un débris de hameau, à mi-chemin entre la plaine où ronfle la vie tumultueuse des batteuses à vapeur et le grand désert lavandier, le pays du vent, à l'ombre froide des monts de Lure.

La terre du vent.

La terre aussi de la sauvagine : la couleuvre émerge de la touffe d'aspic, l'esquirol, à l'abri de sa queue en panache, court, un gland dans la main ; la belette darde son museau dans le vent ; une goutte de sang brille au bout de sa moustache ; le renard lit dans l'herbe l'itinéraire des perdrix.

La laie gronde sous les genévriers ; les sangliots, la bouche pleine de lait, pointent l'oreille vers les grands arbres qui gesticulent.

Puis, le vent dépasse les arbres, le silence apaise les feuillages, du museau grognon ils cherchent les tétines.

La sauvagine et les gens des Bastides se rencontrent sur la source, cette eau qui coule du rocher, si douce aux langues et aux poils.

Dès la nuit, c'est dans la lande, la reptation, patte pelue, vers la chanteuse et la fraîche.

Et, de jour aussi, quand la soif est trop dure.

Le sanglier solitaire hume vers les fermes.

Il connaît l'heure de la sieste.

Il trotte un grand détour sous les frondaisons, puis de la corne la plus rapprochée, il s'élance.

Le voilà. Il se vautre sur l'eau. La boue est contre son ventre.

La fraîcheur le traverse d'outre en outre, de son ventre à son échine.

Il mord la source.

Contre sa peau ballotte la douce fraîcheur de l'eau.

Mais, d'un coup, il s'arrache aux délices et galope vers le bois.

Il a entendu grincer le volet de la ferme.

Il sait que le volet grince quand on l'ouvre avec précaution.

Jaume tire au jugé son coup de chevrotines.

Une feuille de tilleul tombe.

— Sur quoi tu as tiré ?

— Sur le sanglier. Vois-le, là-bas, l'enfant de pute.

Lure, calme, bleue, domine le pays, bouchant l'ouest de son grand corps de montagne insensible.

Des vautours gris la hantent.

Ils tournent tout le jour dans l'eau du ciel, pareils à des feuilles de sauge.

Des fois, ils partent pour des voyages.

D'autres fois, ils dorment, étalés sur la force plate du vent.

Puis, Lure monte entre la terre et le soleil, et, c'est, bien en avant de la nuit, son ombre qui fait la nuit aux Bastides.

Il y a deux ménages, dans ces quatre maisons.

Celui de Gondran, le Médéric ; il s'est marié avec Marguerite Ricard. Son beau-père vit avec eux.

Celui d'Aphrodis Arbaud qui s'est marié avec une de Pertuis.

Ils ont deux demoisellettes de trois et cinq ans.

Puis il y a :

César Maurras, sa mère, leur petit valet de l'assistance publique,

Alexandre Jaume qui vit avec sa fille Ulalie, et puis, Gagou.

Ils sont donc douze, plus Gagou qui fait le mauvais compte.

Les maisons encadrent une petite place de terre battue, aire commune, et jeu de boules.

Le lavoir est sous le grand chêne.

On rince le linge dans un sarcophage de grès, taillé intérieurement à la ressemblance d'un homme maillotté.

Le creux du cadavre est rempli d'une eau verte, moirée, et qui frissonne, égratignée d'insectes aquatiques.

Les bords de ce lourd tombeau sont ornés de femmes qui se flagellent avec des branches de laurier.

C'est Aphrodis Arbaud qui a déterré cette vieille pierre en arrachant un olivier.

A la ressemblance des hommes les maisons.

Une vigne vierge embroussaille celle de Jaume et imite dessus la porte la longue moustache de Gaulois qui pend sur la bouche du propriétaire.

Et toutes comme cela.

Celle d'Arbaud, pomponnée et peinte à l'ocre deux fois l'an, celle de Gondran, celle de Maurras, et celle de Gagou.

Ah, celle de Gagou a la ressemblance de l'homme aussi.

Celui-là est arrivé aux Bastides il y a trois ans, un soir d'été comme on finissait de vanner le blé au vent de nuit.

Une ficelle serrait ses brailles ; il n'avait pas de chemise.

La lèvre pendante, l'œil mort, mais bleu, bleu... deux grosses dents sortaient de sa bouche.

Il bavait.

On l'interrogea ; il répondit seulement : Ga, gou, ga, gou, sur deux tons, comme une bête.

Puis il dansa, à la manière des marmottes, en balançant ses mains pendantes.

Un simple.

Il eut la soupe et la paille.

Les Bastides, autrefois, ç'avait été un bourg, dans le

temps, quand les seigneurs d'Aix aimaient à respirer le rude air des collines.

Toutes leurs belles maisons sont retournées à la terre, en s'effondrant ; seules les paysannes sont restées droites.

De l'autre côté du lavoir, cependant, deux hauts piliers herbus marquent encore l'entrée d'un chemin.

Des piliers portant la boule du monde, avec le capuchon de mousse et des écritures en latin.

Une porte de fer devait défendre là une « folie ».

Des balcons à ventre de déesse, des terrasses, avec le balancement d'une jupe et le bruit des hauts talons.

En plein mitan de l'espace entre les piliers, et à quatre mètres derrière, Gagou a dressé sa cabane dans les orties.

Il est industrieux et point malhabile de ses doigts, il l'a construite en tôle, avec des bidons d'essence éventrés.

Comme il a désherbé le pied des piliers, on peut lire, maintenant, un grand nom à particule, gravé dans un cartouche lauré.

La ville est loin, les chemins sont durs.

Quand le vent vient du sud, on entend en bas siffler le train et sonner les cloches.

Cela veut dire, seulement, que le temps est à la pluie.

De la ville, quand la brume de chaleur se déchire, on aperçoit les Bastides Blanches comme des colombes posées sur l'épaule de la colline.

L'année dernière le facteur montait souvent.

Presque une fois par semaine. Le fils Maurras était au service, dans les dragons.

Maintenant qu'il est revenu, il n'a plus besoin

d'écrire, il crie, de la place ou du champ, et sa mère sort et lui demande :

— Qu'est-ce que tu veux ?

Et le facteur ne monte plus.

Sauf, parfois, à la fin du mois, quand les billets qu'on a souscrits chez le notaire tombent à échéance.

Autant dire qu'on ne le désire pas.

Ce qui vient de la ville est mauvais : le vent de la pluie et le facteur.

Personne ne contredit.

On préfère le vent qui vient du désert de Lure, qui coupe comme un rasoir, mais qui chasse les pies et indique, à ceux qui savent, le gîte caché des lièvres.

La maison de Gondran est la dernière du côté de la plaine. On l'appelle Les Monges. Peut-être parce qu'elle est seule et rousse comme un moine, peut-être parce que, dans le temps, c'était un ermitage. En effet, elle a l'allure d'une bonne grosse maison de curé, avec ses contreforts trapus, sa porte ronde et basse ; la maison d'un de ces curés moitié ruffians qui donnaient le pain et le matelas aux amoureux qui se dérobaient pour s'aimer tranquilles.

C'est la mieux placée des quatre. Elle guette la route, elle voit la colline. Elle est juste au bord de la pente qui dévale vers les fonds. De sa terrasse on aperçoit tous les lacets du chemin jusqu'en bas vers « La Clémente ».

D'abord, ça a été la maison de Janet, le plus vieux des Bastides. Celui-là, il est là depuis ses trente ans. Il était monté après avoir fait toutes les fermes de la plaine ; on ne l'y voulait plus : il se battait avec tous les valets. Trois fois la semaine il fallait courir aux gendarmes et à l'esparadrap. Sa femme est morte ici ; sa fille y a grandi. Il est maintenant dans ses quatre-vingts. Droit, dur comme un tronc de laurier, ses lèvres minces fendent à peine le buis rasé de sa figure. Dans ses petits yeux marron, le regard blanc vole comme une mite, sur le ciel, où il devine le temps, les feuillages, où il voit la maladie à l'avance, les visages, où il surprend, lui, menteur et rusé, le mensonge et la ruse. Il est toujours aux Bastides, mais on ne dit plus : la maison de Janet, on dit : la maison de Gondran. C'est son gendre. Janet a accepté ça. On dit : la maison de Gondran, les champs de Gondran, le cheval, la charrette, le foin de Gondran. Gondran a pris toute sa place. Il est large, haut, rouge ; l'araire est droit dans ses mains ; d'un coup de poing sur les oreilles il a maté le mulet qui mordait.

Au fond, Janet lui en veut un peu. Il en veut surtout à sa fille, puisque c'est par elle que l'homme qui a pris sa place est venu.

Depuis, à son sens, elle ne fait rien de bien.

— De mon temps, on savait cuire la soupe de fèves.

— Le lièvre est bon, mais tu as mis neuf fois de l'eau dans la sauce.

Il serait heureux de la voir battre.

— Si j'étais toi, dit-il à son gendre, je lui tannerais les fesses.

— Ah ben oui, répond Gondran en riant.

La grosse Marguerite trottine sur ses courtes jambes, et, faisant la moue, lève ses sourcils débonnaires :

— Aussi, père, vous n'êtes jamais content.

Aujourd'hui, Gondran sort sur la terrasse. Il tient d'une seule main une bouteille et deux verres ; son autre bras serre contre sa poitrine une dourgue pleine d'eau fraîche et qui ruisselle jusque dans son pantalon. Il arrange la table avec le pied, pose la dourgue, les verres puis, avec précaution, la bouteille.

Il est six heures du soir, l'été. On chante du côté du lavoir.

Les bras ballants, il étire par deux fois son grand corps que le travail à la bêche a plié ; la deuxième fois, à la fin de son élancement, il pète : c'est la règle.

Il s'assied ; il amène un verre devant lui en le traînant sur la table. Il hausse la bouteille vers le jour. Elle est à moitié pleine de liqueur verte, avec, au fond, un feutrage d'herbes, de feuilles, de petits grains bruns. C'est de l'absinthe qu'il fait lui-même avec l'armoise de la colline, l'anis qu'il commande au facteur, et son vieux marc.

Goutte à goutte, il verse l'eau. Il a serré le col de la cruche dans sa grosse main noire, et, sans fatigue, il la tient penchée sur son verre.

Sa pipe ; deux bouffées ; puis, l'air immobile qui apporte un petit flocon de bruit.

Il se penche ; il guette le tournant des Ponches, en bas, dans les aubépines : c'est là qu'il verra le mieux.

Il a vu.

— Gritte, il est là, crie-t-il vers la cuisine.

C'est un cabriolet qui monte. Il oscille dans les ornières comme une ourque des Martigues.

Le bidet fait sonner sa campane.

Maurras passe en traînant des fascines d'olivier.

— César, viens boire un coup.

— Verse ; je donne aux chèvres, et j'arrive.

Maintenant, la clochette du cheval sonne juste derrière le talus. Enfin, la voiture paraît et glisse sur la placette comme un escargot. La bête connaît les usages : elle va seule à l'abreuvoir. L'homme monte chez Gondran.

Comme il débouche sur la terrasse :

— Eh, dit-il, étonné, qu'est-ce que vous buvez ?

Puis, aussitôt :

— Allons, donnez-m'en un peu.

Un verre vide l'attendait, d'ailleurs. Avant qu'il arrive, Gondran a cligné de l'œil à César :

— Tu vas voir s'il la boit bien.

C'est le docteur. Il est roux de poils et bleu d'œil. Son sourcil gauche, exagérément long et crochu, monte sur son front comme une petite corne. Ses larges mains poilues sont couvertes de taches de rousseur.

— A votre santé.

Il boit ; il essuie l'oseraie de ses moustaches, puis :

— Alors, qu'est-ce qu'il y a qui ne va pas ?

Gondran pousse son verre et tousse. Un temps. Il tousse encore. Il tire son verre, s'accoude et, enfin :

— C'est le beau-père. Ça lui a pris l'autre nuit en arrosant le pré. Je l'avais mis au bout pour m'avertir quand l'eau arriverait ; moi, je surveillais la martelière. Je sais qu'il est venu deux ou trois fois à la maison pour boire, je l'ai vu passer sous la lune, puis, d'un long moment il n'a plus bougé.

« J'ai crié : Janet. Oh Janet. Rien. Il ne répondait pas. Sur le coup je ne me suis guère inquiété ; je le connais : il se couche dans l'herbe et tant que l'eau ne lui chatouille pas la tête il ne se réveille pas. C'est sa manière à lui. Je lui ai dit cent fois : Un beau jour vous vous noierez. Ça lui fait autant...

« Donc, il ne répond pas. Je me pensais : "Quand même : c'est étonnant que l'eau ne soit pas encore là-bas." Seulement avec ces putains de trous de taupes, on ne sait jamais. Et je débouche le gros canal à coups de bêche.

« L'eau coulait à plein. L'herbe chantait, comme du vent. Au bout d'un moment, je crie encore. Rien. Ça, c'était plutôt drôlet. Je descends en faisant le tour. Je n'avais pas de fanal. A vous dire vrai, j'avais peur : Ça, si tu le trouvais mort. A son âge.

« Il était tout de son long étendu et raide. L'eau arrivait à un doigt de sa bouche. Pour le sortir de là, ça n'est pas allé tout seul. Je me suis enfoncé dans la terre mouillée jusqu'aux genoux.

« Nous l'avons couché. Depuis, il mange, il boit, il chique, il parle, il remue les doigts et la moitié des bras ; le reste, c'est de la souche morte.

« Allez un peu le voir.

— Je suis venu pour ça.

Il déguste son verre à petits coups, lisse la corne de son sourcil, puis il entre dans la cuisine où s'affaire, aussitôt, la voix blanche de Marguerite.

— Encore un coup, César ?

— Encore un coup.

Le docteur sort.

— Alors ?

— Il est vieux. Quel âge, au juste ?

— Dans les quatre-vingts.

— Quand on est venu jusque-là il n'y a plus guère de médecine. Purgez-le ; donnez-lui ce qu'il veut, je crois qu'il n'en a plus pour longtemps. Il a bien bu, hein ?

Gondran sourit ; il regarde César, puis le docteur.

— Bien bu ? Le père Janet ? C'était peut-être pas un gros buveur, mais il sifflait ses six litres tous les jours ; de vin, eh, je compte pas le marc, ça c'est une autre affaire, ni le semoustat, le vin rosé, les griottes, le soir que ça lui a pris il en avait sucé un demi-bocal.

— Tout ça se trouve, à la fin. Je ne crois pas qu'il en ait pour longtemps. Avec une carcasse comme la sienne, tout est possible. Faites comme je vous dis, quoique, à mon avis, c'est un cataplasme sur une jambe de bois. S'il est plus mal, venez me chercher, si vous voulez, mais c'est loin ; il me faut trois heures pour monter ici.

La nuit emplit déjà la vallée ; elle effleure la hanche de la colline. Les olivaies chantent sous l'ombre.

Gondran accompagne le docteur jusqu'au cabriolet. Il tient le cheval par le mors.

— Au revoir, monsieur Vincent.

— Au revoir. N'oubliez pas de le purger. Il pourrait avoir un peu de délire ; avec les alcooliques il faut toujours s'y attendre. Ne vous effrayez pas.

Dès les premiers grincements de roues, il se ravise :

— Dites, ce n'est pas la peine de me faire revenir. Ça va suivre son cours normal ; il n'y a rien à faire.

« Vous ne savez pas si on peut passer avec la voiture par le raccourci des Garidelles ?

— Ils durent parfois plus longtemps qu'on ne croit, dit César. Regarde le père Burle ; ça lui a pris l'été, il a vu l'hiver, et l'autre été ; et ça ne sentait pas bon, avec la chaleur. Il fallait le changer trois fois le jour. Il avait des vers entre les fesses.

On l'a couché d'abord dans sa chambre, mais il appelle cent fois par jour Marguerite, avec une petite voix de jeune fille qui hèle ses chèvres.

Une fois pour qu'on lui découvre les pieds, une fois pour qu'on lui relève la tête, puis il a faim, puis il a soif, puis il veut sa chique, et Marguerite coupe le tabac avec son ciseau à coudre.

Il y a trois marches pour entrer dans la chambre et, à force de les monter et de les descendre, Marguerite a les pieds enflés.

— Si on lui faisait son lit dans la cuisine ? Il serait mieux et moi je ne me fatiguerais pas autant.

Finalement on l'a installé à côté de l'âtre. En se penchant, il voit sa fille qui prépare le souper sur les trous pleins de cendres où luit l'œil méchant des braises.

Et il parle.

Sans arrêt, comme une fontaine ; comme une de ces fontaines où débouchent les longs ruisseaux souterrains qui viennent du fin fond de la montagne.

— ... La foire de Mane c'était la plus belle foire des putains de tout le canton. Y avait la « Lance » qui faisait jouer au « saquet ». Si tu prenais pas le lot tu couchais avec la femme dans la fénière.

— ... A la première auberge à main droite, moi, je mangeais la soupe à l'oignon ; c'était recta. J'arrivais à Volx sur le pointu du jour. Avec la barre du frein je cognais contre la porte. La maîtresse ouvrait la fenêtre. « C'est toi, Janet ? » Elle connaissait mon taper. Elle venait m'ouvrir en chemise, j'y touchais un peu le cul et ça allait tout seul...

— ... il était là, contre la paillère, tout *butté* dans la paille à faire le gros dos. Je savais qu'il avait son bâton. « C'est toi, vieux gueux, que je lui dis ? » « C'est moi, qu'il fait ; et alors, c'est défendu de se reposer chez toi, maintenant ? » J'empogne la fourche : « Je vais te montrer, tu vas voir... »

Puis il rit, doucement, puis son petit œil d'acier se tourne vers les marmites :

— Gritte, ma soupe de fèves, c'est pour demain, ou pour aujourd'hui ?

Ce soir, Marguerite n'a pas eu le temps de faire de la cuisine, Gondran, pour son souper, mange un oignon cru. Il l'a coupé par le milieu. Il défait une à une les côtes concentriques, les trempe dans la salière et les croque.

C'est un soir malade. Le vent s'est élevé du Rhône. Un orage doit boucher le défilé de Mondragon.

Tout le jour, le fleuve du vent s'est rué dans les cuvettes de la Drôme. Monté jusqu'aux châtaigneraies, il a fait les cent coups du diable dans les grandes branches ; il s'est enflé, peu à peu, jusqu'à déborder les montagnes et, sitôt le bord sauté, pomponné de pelotes de feuilles, il a dévalé sur nous.

Maintenant il siffle autour des Bastides dans les flûtes de pierre que les torrents ont creusées.

Les bois dansent. Des lambeaux d'orage passent ; une courte foudre gronde et luit. L'air sent le soufre, le gravier et la glace. Une lumière d'eau teint la vitre où le lierre désemparé cogne de son lourd bras de feuille.

La porte du grenier saute sur ses gonds. On dirait que, là-haut, on écrase une portée de chatons à coups de talon. La nuit vient ; le vent prend de la gueule. Le ciel sonne comme une voûte de tôle sous la grêle.

Un long gémissement traverse la maison. Ce n'est pas la lucarne, elle est barrée. La fenêtre ? Elle grelotte mais ne geint pas. L'huis ? Le verrou est neuf.

Alors, quoi ?

Gondran mange. L'oignon craque sous ses dents. Ça l'empêche de bien entendre ce gémissement qui l'intrigue. Il s'arrête de mâcher.

La plainte naît ; elle pousse son corps tranchant à travers la chair de la maison qui tressaille.

Janet est étendu sous ses draps, raide et droit. Son corps étroit bossue la couverture grise comme une levée de sillon. Vers la poitrine son halètement d'oiseau palpite. On dirait une graine qui veut percer et plonger ses feuilles dans le soleil. C'est l'image que Gondran imagine en mangeant son oignon.

Janet a rébarbative allure, ce soir : bleu de granit, arêtes dures du nez, narines translucides comme le rebord du silex. Un œil ouvert dans l'ombre luit d'une lueur de pierre ; un de ces éclats de roche qui sont cachés dans la graisse de la terre et contre lesquels le grand soc lisse qui tire droit, par habitude, se rompt soudain, et verse.

— Si ça durait tout l'été, tout l'hiver, comme pour le père Burle.

On dirait qu'il remue les doigts. Quel est ce jeu ?

Janet a sorti péniblement ses mains. Il les a étalées sur le drap ; il les regarde d'un œil qui, peu à peu, se dilate de stupeur. La main droite, lentement, s'avance de la main gauche.

C'est le mouvement d'une branche qui pousse ; un mouvement végétal.

Elle saisit la main gauche, la serre, l'étire ; il semble qu'elle essaye de la débarrasser d'un gant ou d'un lien. Puis, toujours lente, lourde, comme gonflée d'une force épouvantable, mais qui peine à lever un poids immense, elle s'avance vers le rebord du lit et fait le geste de jeter. Et ça recommence, toujours pareil, comme un geste de machine.

Gondran s'approche. D'ici, plus près, il peut voir les grosses veines qui tremblent sur la main comme les cordes qui lient un chevreau.

— Père Janet, qu'est-ce que vous faites ?

L'autre est raide comme un saint de bois. Il amène la bille de ses prunelles au coin de son œil.

— Les serpents, dit-il, les serpents.

— Quels serpents ?

— Les serpents, je te dis. Ceux de mes doigts. J'ai des serpents dans les doigts. Je sens les écailles passer dans ma viande.

Son petit rire craque comme une pomme de pin qu'on écrase.

— Je les guette. Quand leur tête est au ras de l'ongle, je la serre, je la tire, toute la bête sort, alors je la jette par terre. Pendant ce temps, l'autre monte dedans le doigt ; je la tire et je la jette aussi. C'est un long travail, mais quand ma main sera vide, j'aurai plus de mal.

Gondran, interloqué, regarde Janet puis la descente de lit. Rien : des fleurs rouges et bleues.

— Vous déparlez, dit-il.

— Je déparle ? Regarde...

Le geste reprend, lent, minutieux, il veut prouver. Le poing clos s'avance du rebord du lit, s'ouvre... La prunelle de Janet luit victorieusement au coin de l'œil.

Gondran n'a rien vu. Il est un peu plus rassuré.

— Vous déparlez, je vous dis ; vous avez la tête malade. Il n'y a pas de serpents dans votre main. Là, par terre, il n'y a rien. S'il y avait des serpents, je les verrais. Je les verrais, répète-t-il en traînant ses gros souliers sur les dalles nues.

Le volet saute ; le lierre cogne à la vitre. La plainte descend du grenier, plonge dans l'air épais de la chambre, fend l'odeur d'oignon, de cendres froides et de sueur, et disparaît sous la porte tremblante :

— Je déparle. Qu'est-ce que tu es, toi, pour dire que je déparle ?

Janet s'adresse à l'ombre, impersonnellement, sans se soucier de Gondran anxieux qui le regarde et boit ses étranges paroles.

— Tu t'imagines de tout voir, toi, avec tes pauvres yeux ? Tu vois le vent, toi qui es fort ?

« Tu es seulement pas capable de regarder un arbre et de voir autre chose qu'un arbre.

« Tu crois, toi, que les arbres c'est tout droit planté dans la terre, avec des feuilles, et que ça reste là, comme ça. Ah, pauvre de moi, si c'était ça, ça serait facile.

« Tu vois rien, là, sous la chaise ?

« Rien que de l'air ?

« Tu crois que c'est vide, l'air ?

« Alors, comme ça, tu crois que l'air c'est tout vide ?

« Alors, là y a une maison, là un arbre, là une colline, et autour, tu t'imagines que c'est tout vide ? Tu crois que la maison c'est la maison et pas plus ? La colline, une colline et pas plus ?

« Je te croyais pas si couillon.

« Là, sous la chaise, tout à l'heure, j'en ai jeté trois : un petit tout vert, un serpent d'herbe ; sur le dos on dirait qu'il a trois tiges d'avoine tressées. Je sais pas pourquoi, quand il est sorti de mon doigt, il m'a dit : "Eh Auguste." Je m'appelle pas Auguste ? Je m'appelle Janet.

« Y en a un autre, gros et court ; un viédaze, et un qui siffle de la musique qu'on dirait un orgue à bouche. Ça c'est une femelle; la peau de son ventre est gonflée : elle va faire les petits. Elle a fait mal, celle-là, pour passer dans le doigt.

« Regarde, regarde vite celui qui monte contre la marmite et qui boit le lait : de grandes boules de lait descendent dans son gosier.

« Tu le vois pas ?

« Alors, tu crois que l'air c'est vide ?

« Si tu les avais dans les doigts, comme moi, tu le saurais.

« Si tu avais rencontré ce qu'il y a dans l'air, face à face, tout d'un coup, au coin du chemin, un soir, tu les verrais comme moi.

« La colline; tu t'en apercevras, un jour, de la colline.

« Pour l'heure elle est couchée comme un bœuf dans les herbes et seul le dos paraît; les fourmis montent dans les poils et courent par-ci, par-là.

« Pour l'heure elle est couchée, si jamais elle se lève, alors tu me diras si je déparle...

« Vé, vé, çui-là. Oh le beau aux yeux de pomme. Oh, çui-là, il a des yeux comme un homme. Comme il tire sur la viande. Aïe...

« Eh là, donc; le vlà sur le plancher. Y se tortille pire qu'un vers coupé. Le vlà qu'il fait le mort; gros malin...

Gondran vire ses yeux à droite et à gauche : les dalles sont nues.

On dirait que la descente de lit bouge. Sous la table, sous la table, il y en a un ! Il y a sous la table un serpent épais comme le pouce et qui dort plié en S.

— C'est la longe du fouet.

— C'est un serpent.

— C'est la longe du fouet.

Dehors, le poids du vent écrase le chêne. Des branches mortes tombent dans l'abreuvoir. La cheminée beugle, les cendres se soulèvent comme la poussière sous le pied des moutons.

En deux sauts, Gondran est à la porte. Il l'ouvre de toutes ses forces, tant que la poignée du verrou s'enfonce dans le mur ; et, il gueule vers l'écurie des chèvres où Marguerite départage les ramées d'olivier :

— Gritte ? Gritte ? C'est pas encore fini, en bas, nom de pas dieu ?

Deux jours et deux nuits le vent a soufflé. Il était chargé de nuages ; maintenant il pleut. L'orage qui bouchait les défilés du fleuve s'est levé. Comme un taureau fouetté d'herbes, il s'est arraché à la boue des plaines ; son dos musculeux s'est gonflé ; puis il a sauté les collines, et il s'est mis en marche dans le ciel.

Il pleut. Une petite pluie rageuse, irritée puis apaisée sans motif, lardée des flèches du soleil, battue par la rude main du vent, mais têtue. Et ses pieds chauds ont écrasé l'avoine. Le peuple des hirondelles et des merles bruit dans les arbres.

Le ciel est comme un marais où l'eau claire luit par places entre les flaques de vase.

Jaume, d'abord, s'est installé sous le chêne pour aiguiser sa faux. Les feuilles le protégeaient. Il riait des femmes qui couraient ramasser le linge étendu. La pluie l'a chassé comme les autres. Le sac plié sur lequel il était assis semble une éponge.

Arbaud, debout sur la porte de sa grange, regarde la pluie. Il partait pour la colline; il a dételé le mulet. Maurras et Jaume sont venus le retrouver.

La pluie.

La fontaine chante à l'unisson, sous l'arbre.

Gondran s'est approché en bombant le dos sous l'averse.

— Porc de temps !

— Chaque fois que je dois aller chercher mon foin, c'est pareil...

Gondran parle. Il a longtemps mâché et remâché ses mots, il a juré contre le temps, il a dit ce qu'il y avait à dire sur la pluie et sur l'état de la terre, mais maintenant, il est au principal.

— Ça, je peux bien dire, de ma vie je ne l'ai vu. Je me demande où il va chercher ce qu'il raconte. Il a une tête pas comme tout le monde. Vous pouvez pas vous en faire une idée. Ça coule comme un ruisseau; et c'est pas toujours rigolo. La Gritte ne peut plus rester seule avec lui, elle en a peur. Venez, nous boirons l'absinthe, vous verrez un peu.

— Cette chose-là, dit Jaume, c'est dans le genre de...

Il n'achève pas sa pensée. Peut-être a-t-il une explication à donner, peut-être veut-il voir une chose pareille avant d'en décider.

Il n'y a que la placette à traverser et la pluie s'est un peu calmée. Ils sont tout de suite chez Gondran.

Janet est toujours raide et noir. La paralysie a fait de

son long cou maigre un pieu immobile. Sous la peau brune, la pomme d'Adam monte et descend quand il avale le jus de sa chique. Ses yeux se sont fixés, une fois pour toutes, sur le mur, en face du lit, à l'endroit où l'on a pendu le calendrier des postes.

Gondran sort les verres et l'absinthe. Ils parlent à voix basse comme à l'espère du lièvre.

— Il a mauvaise figure.

— Il fait déjà le nez de pie.

— Il n'ira pas loin.

Il semble que c'est une politesse qu'ils font à Gondran de lui dire que son beau-père va bientôt mourir.

Et, tout d'un coup, cela a commencé. Il y a bien eu un petit soupir, d'abord, comme un qui prend haleine avant de lever la masse, et les hommes ne se sont pas méfiés, tout d'un coup cela a été sur eux avant qu'ils aient pu se préparer.

« Il y avait, sur le pré, des petites fumées qui étaient des femmes.

« Elles bondissaient sur le poil des herbes avec les cheveux drets comme des crêtes de huppes.

« Y en avait de toutes les couleurs ; de vertes comme des bouteilles avec des peaux percées de lune et toutes faites de petits points rouges et bleus.

« C'étaient des fumelles, une avait le cul comme une meule de paille et la poitrine comme un tire-vin ; a se tortillait que ses longs nichons en claquaient pire que des banderoles, et flic et floc, et je t'en fous...

« A se tuait les puces en se passant la langue sous les bras et se grattait la lavande que les ongles en pétaient.

« Drôle de corps, que je me dis. Je m'avance, tout

doux, à la papa ; a se tripotait les arpions que ça faisait de la musique.

« Y en avait une qui buvait au ruisseau comme une dame ; elle prenait de l'eau avec un capuchon d'avoine, a tirait sa moue d'un empan, a faisait voir ses belles dents, branlait du croupion comme pomme au vent.

« J'ai lancé mes mains dessus. M'a pissé dessus, la salope... »

« Le crapaud qui a fait sa maison dans le saule est sorti.

« Il a des mains d'homme et des yeux d'homme.

« C'est un homme qui a été puni.

« Il a fait sa maison dans le saule avec des feuilles et de la boue.

« Son ventre est plein de chenilles et c'est un homme.

« Il mange des chenilles, mais c'est un homme, n'y a qu'à regarder ses mains.

« Il les passe sur son ventre, ses petites mains, pour se tâter : C'est bien moi, c'est bien moi, qu'il se demande dans sa jugeote, et il pleure, quand il est bien sûr que c'est lui.

« Je l'ai vu pleurer. Ses yeux sont pareils à des grains de maïs et, à mesure que ses larmes coulent, il fait de la musique avec sa bouche.

« Un jour, je me suis dit : "Janet, qui sait ce qu'il a fait comme ça, pour avoir été puni, et qu'on lui ait laissé seulement ses mains et ses yeux ?"

« C'est des choses que le saule m'aurait dites si j'avais su parler comme lui. J'ai essayé. Rien à faire. Il est sourd comme un pot.

« Nous deux, avec le crapaud, ça est bien allé jusqu'à la Saint-Michel ; il venait au bord des herbes pour me regarder.

« Je lui disais : "Oh collègue. Et alors, quoi de neuf ?" Quand j'arrosais, il me suivait.

« Une fois, c'était la nuit, je l'ai entendu venir ; il se traînait dans la boue et il faisait clou, clou, avec sa bouche pour faire venir les vers.

« Ils sont venus en dansant du ventre et du dos. N'y avait un gros comme un boudin blanc tout pomponné de poils ; un autre qui semblait un mal de doigt.

« Le crapaud a mis ses pattes sur mes pieds.

« Ses petites mains froides sur mes pieds, j'aime pas ça. Il en avait pris l'habitude, le gaillard. Chaque fois que j'arrivais, j'avais beau me méfier, y posait toujours sa petite patte froide sur mes pieds nus.

« A la fin, j'en ai eu assez. Je l'ai eu juste au sortir de sa maison.

« Il cloucloutait doucement. Il tenait un vers noir et il le mangeait. Il avait du sang sur les dents ; du sang plein sa bouche et ses yeux de maïs pleuraient.

« Je me dis : "Janet, c'est pas de la nourriture de chrétien, ça, tu feras bonne œuvre..."

« Et je l'ai partagé d'un coup de bêche.

« Il fouillait la terre avec ses mains ; il mordait la terre avec ses dents rouges de sang. Il est resté là avec sa bouche pleine de terre et des larmes dans ses yeux de maïs... »

Quand Jaume rencontre un sanglier et que son fusil est chargé avec du plomb de dix, il se cache.

Il a un peu cet air, maintenant. Arbaud et Maurras regardent la porte.

Dehors, Gondran les interroge de l'œil. Ils s'examinent tous les quatre en silence.

— Eh bien, il ne manquait plus que ça.

Après dix heures de vent de nuit, c'est un jour tout neuf qui se lève ce matin. Les premiers rayons du soleil entrent dans un air vide ; à peine envolés ils sont déjà sur les lointaines collines entre les genévriers et sur le thym. On dirait que ces terres se sont avancées depuis hier.

— On les toucherait avec la main, pense Gondran.

Le ciel est bleu d'un bord à l'autre. Le profil des herbes est net, et tous les verts sont perceptibles dans la tache verte des champs : sur une touffe de bourrache le vent a porté une feuille d'olivier ; la saladelle est plus claire que la chicorée, et, dans ce coin où l'on a épousseté les sacs de phosphate, des herbes charnues, presque noires, fusent comme les poils plus vivaces d'un grain de beauté. Au sommet des pins on compterait les aiguilles.

Il y a quelque chose d'étrange, aussi : le silence.

Hier encore, le ciel était l'arène du bruit ; des chars, des cavales aux sabots de fer y passaient dans un grondement de galop et des hennissements de colère.

Aujourd'hui, le silence. Le vent a dépassé la borne et court de l'autre côté de la terre.

Pas d'oiseaux.

Silence.

L'eau, elle-même, ne chante pas ; en écoutant bien, on entend quand même son pas furtif : elle glisse doucement, du pré à la venelle sur la pointe de ses petits pieds blancs.

Gondran regarde l'aube neuve et prépare le carnier. Il

va fouir son olivaie, là-bas, à la « Font de Garin » au fond des terres. C'est loin. C'est tout là-bas, derrière les trois collines couchées en travers du val et qui ne se dérangent pas, et qu'il faut contourner en leur passant sur le ventre.

Il porte son dîner : une tomme toute fraîche dans sa gangue d'aromates, six gousses d'ail, une topette d'huile bouchée par un morceau de papier, du sel et du poivre dans une vieille boîte de pilules, un tail de jambon, un gros pain, du vin, une cuisse de lapin rôtie roulée dans une feuille de vigne et un petit pot de confiture. Tout cela pêle-mêle dans la besace de cuir.

Dans la cuisine Marguerite fouaille le fourneau à grands coups de tisonnier pour hâter le café.

Le silence est lourd comme un plomb. Gondran est le seul bruit du matin ; il va et vient avec ses gros souliers à clous.

D'habitude les plus matineux sont les pigeons de Jaume ; l'aube aux mains molles jongle avec eux. Aujourd'hui le pigeonnier semble mort.

Gondran va voir la pendule : quatre heures pourtant.

— Elle va bien ?

— Je l'ai mise à l'heure du soleil, avant-hier.

Malgré tout, ce silence sent bon. Le parfum des chèvrefeuilles et des genêts y coule en grandes ondes. Et puis, à quoi bon s'inquiéter des gestes de la terre ? Elle fait ce qu'elle veut ; elle est assez grande pour savoir ce qu'elle a à faire, elle vit son petit train...

— Y a pas beaucoup de bruit, jord'hui, dit Janet.

— On dirait que tout est mort. Ecoutez, on n'entend rien bouger.

— Ça c'est mauvais ; apprends-le, mon fi, c'est d'une fois comme ça, que c'est parti...

— Quoi ?

— Ça se dit pas.

Et Janet fixe ses yeux sur le calendrier des postes.

Gondran passe sa bêche dans la courroie du carnier et se charge. Au bas des escaliers, il siffle son chien. Labri, qui dormait sous un rosier, sort, s'étire, bâille, renifle la besace, suit, et Gondran écoute joyeusement le grignotis des petites pattes onglées, derrière lui.

Dépassé le pré de Maurras qui est à cheval sur la pente, le chemin est autant dire rien. Il se perd peu à peu dans l'herbe comme une eau sans force.

Ce verger où il va, il l'a acheté, l'an dernier, à un de Pierrevert qui « faisait des sous » pour prendre une adjudication de courrier postal.

C'est dans le territoire de Reillanne, au diable vert, mais il l'a eu pour un morceau de pain et les oliviers ont déjà payé. Somme toute, avec un petit travail il a de l'huile et du bois ; seulement, c'est loin. C'est d'autant plus loin qu'il n'y a pas de chemin pour y aller. Il faut passer par les bas-fonds, suivre des lits de torrents enchevêtrés de viornes et de ronces, tourner autour des collines dans des défilés sauvages où les pierres ont des visages comme des hommes mal finis.

Gondran pense que la prochaine fois il vaudra mieux suivre les sommets du côté de la Trinquette ; ça montera un peu, mais, après, c'est de belle vue tout le long. Il y a bon air, on entend chanter les perdreaux ; ici le silence est vraiment inquiétant. Heureusement le chien fait compagnie.

Vu du sommet de « Pymayon » le verger de Gondran est comme une tache de dartre dans la garrigue. Autour le poil est sain, bourru, frisé, mais là, la bêche de Gondran a raclé la peau.

C'est un verger en pente sur le flanc gras de la colline, à l'endroit où les ruisselets laissent l'alluvion. Sous lui, le torrent a fendu la terre d'une fente étroite, noire, et qui souffle frais comme la bouche d'un abîme. Un vieil aqueduc romain l'enjambe ; ses deux jarrets maigres et poudreux émergent des oliviers.

D'abord, Gondran a creusé un trou sous le genévrier le plus touffu, et quand il a atteint la terre noire, il a mis sa bouteille au frais. Il a choisi une bonne branche à l'abri des fourmis pour pendre son carnier, puis, manches troussées, il s'est mis au travail.

Et l'acier de sa bêche a chanté dans les pierres.

L'ombre des oliviers s'est peu à peu rétrécie ; tout à l'heure, comme un tapis fleuri de taches d'or, elle tenait tout le champ. Sous les rais de plus en plus droits elle s'est morcelée, puis arrondie. Maintenant elle n'est plus que gouttes grises autour des troncs.

C'est midi.

La bêche s'arrête.

Sieste.

L'air plein de mouches grince comme un fruit vert qu'on coupe. Gondran collé à la terre dort de tout son poids.

Il se réveille d'un bloc. Du même élan tranquille il plonge dans le sommeil puis il émerge. D'un coup de reins il est debout.

En cherchant sa bêche il rencontre le visage de la terre. Pourquoi, aujourd'hui, cette inquiétude qui est en lui ?

L'herbe tressaille. Sous le groussan jaune tremble le long corps musculeux d'un lézard surpris qui fait tête au bruit de la bêche.

— Ah, l'enfant de pute.

La bête s'avance par bonds brusques, comme une pierre verte qui ricoche. Elle s'immobilise, les jambes arquées ; la braise de sa gueule souffle et crachotte.

D'un coup, Gondran est un bloc de force. La puissance gonfle ses bras, s'entasse dans les larges mains sur le manche de la bêche. Le bois en tremble.

Il veut être la bête maîtresse ; celle qui tue. Son souffle flotte comme un fil entre ses lèvres.

Le lézard s'approche.

Un éclair, la bêche s'abat.

Il s'acharne, à coups de talon sur les tronçons qui se tordent.

Maintenant ce n'est plus qu'une poignée de boue qui frémit. Là, le sang plus épais rougit la terre.

C'était la tête aux yeux d'or ; la languette, comme une petite feuille rose, tremble encore dans la douleur inconsciente des nerfs écrasés. Une patte aux petits doigts emboulés se crispe dans la terre.

Gondran se redresse ; il y a du sang sur le tranchant de son outil. Sa large haleine coule, ronde et pleine ; sa colère se dissout dans une profonde aspiration d'air bleu.

Subitement il a honte. Avec son pied il pousse de la terre sur le lézard mort.

Voilà le vent qui court.

Les arbres se concertent à voix basse.

Le chien n'est plus là ; il a dû partir sur la quête de quelque sauvagine.

Sans savoir pourquoi, Gondran est mal à l'aise ; il n'est pas malade ; il est inquiet et cette inquiétude est dans sa gorge comme une pierre.

Il tourne le dos à un grand buisson de sureau, de chèvrefeuille, de clématite, de figuiers emmêlés qui gronde et gesticule plus fort que le reste du bois.

Pour la première fois, il pense, tout en bêchant, que sous ces écorces monte un sang pareil à son sang à lui ; qu'une énergie farouche tord ces branches et lance ces jets d'herbe dans le ciel.

Il pense aussi à Janet. Pourquoi ?

Il pense à Janet, et il cligne de l'œil vers le petit tas de terre brune qui palpite sur le lézard écrasé.

Du sang, des nerfs, de la souffrance.

Il a fait souffrir de la chair rouge, de la chair pareille à la sienne.

Ainsi, autour de lui, sur cette terre, tous ses gestes font souffrir ?

Il est donc installé dans la souffrance des plantes et des bêtes ?

Il ne peut donc pas couper un arbre sans tuer ?

Il tue, quand il coupe un arbre.

Il tue quand il fauche...

Alors, comme ça, il tue, tout le temps ? Il vit comme une grosse barrique qui roule, en écrasant tout autour de lui ?

C'est donc tout vivant ?

Janet l'a compris avant lui.

Tout : bêtes, plantes, et, qui sait ? peut-être les pierres aussi.

Alors il ne peut plus lever le doigt sans faire couler des ruisseaux de douleur ?

Il se redresse ; appuyé sur le manche de l'outil il regarde la grande terre couverte de cicatrices et de blessures.

L'aqueduc, dont le canal vide charrie du vent, sonne comme une flûte lugubre.

Cette terre !

Cette terre qui s'étend, large de chaque côté, grasse, lourde, avec sa charge d'arbres et d'eaux, ses fleuves, ses ruisseaux, ses forêts, ses monts et ses collines, et ses villes rondes qui tournent au milieu des éclairs, ses hordes d'hommes cramponnés à ses poils, si c'était une créature vivante, un corps ?

Avec de la force et des méchancetés ?

Une grande masse qui pourrait rouler sur moi comme je suis tombé sur le lézard ?

Ce val, ce pli entre les collines, où je suis en train de gratter, s'il allait bouger, sous le coupant de ma bêche ?

Un corps !

Avec de la vie !

La vie c'est du mouvement, c'est des soupirs...

La voix de l'aqueduc et le chant des arbres.

De la vie ? Mais, sûr ! Car elle bouge, cette terre : il y a dix ans, elle s'est secouée ; en bas, vers Aix, des villages se sont écroulés, Lambesc, d'autres, et les cloches de Manosque ont sonné toutes seules en haut de leurs clochers.

L'idée monte en lui, comme un orage.

Elle écrase toute sa raison.

Elle fait mal.

Elle hallucine.

L'ondulation des collines déroule lentement sur l'horizon ses anneaux de serpents.

La glèbe halète d'une aspiration légère.

Une vie immense, très lente, mais terrible par sa force révélée, émeut le corps formidable de la terre, circule de mamelons en vallées, ploie la plaine, courbe les fleuves, hausse la lourde chair herbeuse.

Tout à l'heure, pour se venger, elle va me soulever en plein ciel jusqu'où les alouettes perdent le souffle.

D'un rond de bras, Gondran rafle son carnier et monte à grandes enjambées à travers la colline sans oser siffler son chien.

Il en a parlé à Jaume.

Sans fausse honte.

D'ailleurs, depuis, le mystère est partout : dans le champ de blé, sous la luzernière, partout et, hier, le bosquet paisible des trois saules a grondé à ses chausses comme un chien qui va mordre.

Ça ne peut pas durer, il vaut mieux en parler tous ensemble.

Pendant deux soirs, autour de l'absinthe, on en a discuté.

Ce qui compte, par-dessus tout, c'est l'opinion de Jaume. Mais il ne parle pas beaucoup. Maurras et Arbaud sont là, aussi, les coudes sur la table, la bouche dans les mains.

Jaume, c'est celui qui connaît le mieux les collines, et puis, il lit ; non seulement le journal, parfois quand il va à la ville, mais des livres.

Il a même un Raspail ! ça c'est sérieux.

Ce qui compte, c'est l'opinion de Jaume.

Pour l'instant il ne parle guère. Il ne dit pas : « Ce n'est pas possible. » C'est cependant ce qu'ils attendent de lui, mais il ne le dit pas ; il hoche la tête, il souffle dans la longue moustache.

— Faudrait voir, se décide-t-il à dire enfin.

— Tu crois donc que c'est possible ?

— Faudrait voir.

Il propose d'aller là-bas, demain, avec les fusils.

Entendu.

Qui ira ?

— Moi, j'irai, dit Jaume, et puis ?

Les autres n'ont pas l'air bien décidé.

— Moi, dit Maurras, je serais bien allé avec toi, mais, justement, il faut que je nettoye mon écurie.

Arbaud regarde son absinthe.

A la fin, on s'est entendu : c'est Jaume et Gondran qui iront. Les deux autres garderont les femmes.

— Somme toute, nous aussi nous serons seuls, ici, dit Arbaud.

A travers le rideau de fil de la cuisine flue la voix grêle de Janet :

— Je déparle ? Ah je déparle ? Tu as vu le grondé du vent, toi, le malin ? Et derrière l'air, tu sais, toi, ce qu'il y a derrière l'air ?

Le jeune Maurras s'arrête au milieu des escaliers :

— Tu devrais le faire taire, dit-il sourdement, c'est pas sain, tout ça.

Ils n'ont rien vu.

Ils sont restés tout le jour allongés sous les ginestes, bien cachés parmi les branches torses, leur vie comme prolongée par les fusils à doubles canons émergeant des herbes.

Et aujourd'hui la clématite est restée clématite, le figuier figuier, et la terre inerte. Seul, un petit écureuil indécis, brusque et faraud, a traversé le pont romain en griffant le grès.

Tout le long jour sans rien dire.

Jaume a mâché des tiges de menthe poivrée.

Gondran s'est raclé la gorge où la salive s'empâtait, et l'autre l'a fait taire d'un geste.

Sous l'œil noir des fusils la terre gît, végétale et parfumée.

Pas à pas, l'ombre a fait reculer le soleil.

Le vent de devant la nuit courbe les herbes.

La lumière descend de l'autre côté de Lure.

Jaume touche le bras de Gondran. Ils se reculent, le ventre dans les pierres jusqu'aux couverts. De leur large pas souple, ils sont revenus aux Bastides.

Devant le chêne, Arbaud et Maurras attendent.

— Alors ?

— Rien.

Mais Jaume enlève la pipe de sa bouche.

— Allons au chêne, il n'y a pas besoin d'effrayer les femmes, dit-il.

Là, à l'écart, Jaume semble avoir pris son parti ; il parle plus qu'il n'a jamais parlé :

« A mon sens, c'est une sale histoire. Quand je vous ai dit : allons-y, c'est qu'à moi-même, l'autre matin, il m'est arrivé une chose qui m'a fait réfléchir. Vous savez que je suis allé attendre le sanglier ? J'étais à la montée de Manin dans le vieux pigeonnier. Comme le jour pique, j'entends un petit pas sur les feuilles. "C'est un jeune, je me dis." Je passe mon fusil, doucement par l'agachon, et je guette : alentour c'est des chênes nains, avec un rond de gazon découvert. Je regardais au débouché de la piste. J'ai vu sortir une boule noire qui dansait drôlement. Je me dis : "C'est pas ça, attends un peu."

« Ça saute encore, et ça se roule, puis ça s'étend dans le soleil neuf, et j'ai vu que c'était un chat.

« Un chat tout noir.

« Jusque-là, ça va. Il s'est mis sur le ventre, et il levait son museau dans le ruisselet de soleil puis il s'est couché sur le dos, et avec ses griffes il peignait l'herbe, il jonglait avec des brins d'herbe, enfin, toutes les chatteries.

« Je le tenais au bout de mon fusil. Si je n'ai pas tiré, c'est que je savais, ou je croyais savoir.

« Je ne me suis pas trompé. Au bout d'un moment il s'est dressé tout droit sur ses quatre pattes, raides comme du fil de fer, et la mômerie a changé d'allure. Il a fait trois pas de-ci, trois pas de-là, puis s'est planté face à la baie qui fend la colline et par laquelle on voit tout notre pays jusqu'à Digne. Il a miaulé. Alors, j'ai relevé mon fusil. J'ai rentré mon fusil, doucement, pour ne pas faire de bruit. Je me suis accointé dans l'ombre du pigeonnier, les mains aux genoux, tout serré sur moi, parce que ce miaulement, je le connais. »

Tout l'air du soir semble se coaguler en silence. Jaume tire deux fois sur sa pipe; elle est éteinte. Il frotte son briquet, allume, et, en tétant, il regarde Gondran, Maurras, puis Arbaud qui tourne une paille entre ses doigts.

« Pour le tremblement de terre de 1907, dit-il après, c'était un jeudi, le lundi d'avant, à l'espère des perdreaux, j'avais vu le chat. »

« Pour l'orage de la Saint-Pancrace, quand le ruisseau emporta la meule de Magnan, et le petit berceau avec la mère qui voulait le repêcher, c'était un mardi, le dimanche j'avais vu le chat.

« Quand la foudre tua ton père, Maurras, dans la cahute des charbonniers, j'avais vu le chat deux jours avant.

« J'avais vu le chat, je l'avais entendu miauler, et deux jours après, en ouvrant la grange, j'ai trouvé ma femme pendue.

« Quand Gondran a expliqué son affaire, j'ai pensé à ce chat. Maintenant, moi, je vous dis : attention, chaque fois qu'il paraît, c'est deux jours avant une colère de la terre.

« Ces collines, il ne faut pas s'y fier. Il y a du soufre sous les pierres. La preuve ? Cette source qui coule dans le vallon de la Mort d'Imbert et qui purge à chaque goulée. C'est fait d'une chair et d'un sang que nous ne connaissons pas, mais ça vit. »

Sa pipe est encore éteinte; il en a oublié de tirer sur le tuyau de terre à son habitude. Il se tourne vers Gondran.

« Toi, dit-il, tu pourras peut-être apprendre le fin du fin. Il y a Janet. Ce n'est pas pour toi que je dis ça, mais c'est par lui que tout a commencé.

« C'est pas pour toi, c'est pas pour lui, tu n'en savais rien, lui non plus.

« Ces choses-là, vois-tu, ça commence toujours par un homme qui voit plus loin que les autres. Quand un homme voit plus loin que les autres, c'est qu'il a quelque chose de dérangé dans sa cervelle. Des fois, c'est un rien, comme un fil, mais, de ce moment, c'est fini. Un cheval, c'est plus un cheval, une herbe c'est plus une herbe, tout ce que nous ne voyons pas, il le voit. Autour de la forme, des lignes dont nous avons l'habitude, flotte comme une fumée qui est le surplus. Vous vous souvenez de ce qu'il a dit du crapaud ?

« Il semble que quelqu'un, à côté d'eux, leur explique tout, leur écorche tout.

« Dans des cas comme le nôtre, on sait déjà beaucoup de choses, Janet nous apprendra le reste.

« De tout sûr il est dans l'affaire. Il a toujours été très près de la terre, plus que nous. Il endormait les serpents, il connaît le goût de tout un tas de viandes : du renard, du blaireau, du lézard, de la pie... Il faisait des soupes de melon, il râpait du chocolat dans la bouillie de morue. Le sang, ça vient de tout ce qu'on mange et la cervelle, c'est la crasse du sang.

« Ecoute-le, Gondran, tâche de savoir, ça nous servira. »

Les femmes appellent à la soupe.

Les Bastides ne sont plus dans la nuit que de petites lueurs sous les arbres.

Une grande étoile monte au-dessus des collines.

Ils reviennent.

— Ne pousse pas, dit doucement Arbaud au jeune Maurras qui s'est collé contre son coude.

C'est le matin du deuxième jour. Pas de vent, et toujours le silence. Une épaisse couronne de violettes pèse sur le front pur du ciel. A travers cette brume le soleil monte pareil à une grenade.

L'air brûle comme une haleine de malade.

Le fils Maurras entrouvre la porte de sa grangette. Il regarde les maisons une après l'autre. Elles dorment encore, sans bruit, comme des bêtes fatiguées. Seule, celle de Gondran hoquette doucement derrière sa haie.

Il sort; fait deux pas sur la place, monte sur un rouleau à blé pour mieux voir : la maison a les yeux ouverts, de grands yeux clairs sur lesquels passe, comme le roulement d'une prunelle, l'ombre ronde de Marguerite. Son portail ouvert bave un fil d'eau de vaisselle.

Maurras se décide. Il vient sur ses sandales de raphia qui ne font pas de bruit.

— Gondran, appelle-t-il, d'une voix étouffée mais qui porte dans le calme du matin.

L'autre paraît dans l'entrebail de la porte, fait chut avec un doigt sur la bouche, semble écouter encore un peu vers la cuisine, puis sort sur la pointe des pieds.

— Alors ? demande Maurras.

— Toujours pareil. Une nuit terrible. J'en ai le crâne qui pète. J'ai essayé de retenir pour dire à Jaume, mais, c'est comme de l'eau, ça ne tient pas dans les mains serrées. Ça faisait comme un troupeau qui passait : le bruit, et les sonnailles, et tous les yeux de toutes les têtes avec une image dans chaque œil. Dans ses mots j'ai vu des choses... C'est pas possible que tu t'en fasses une idée... C'est comme une ruche dans ma tête, je te dis. Je me souviens, pourtant, qu'il a parlé du chat. Marguerite buvait son café ; elle faisait du potin avec sa cuiller, je l'ai fait taire. C'était léger, t'aurais dit d'une huile qui coule de la burette fêlée ; y se parlait dans son dedans, tu comprends. J'appointais mes oreilles tant que je pouvais ; la putain de pendule cognait : ban et ban. Je me suis coulé derrière la tête du lit. Y disait : « Minou, minou, en poil de chou, t'as le cul qui gèle sur ta colline, fais-toi un lit d'homme, t'as des griffes comme une charrue et ta langue râpe, c'est Janet qui te cause ; je te rognerai les griffes à coup de serpe, moi. »

— Il a dit ça, t'es sûr ?

— Ça c'est sûr ; je l'ai copié sur un bout de journal !

— Il n'aurait pas, des fois, un remède ?

— Un remède ?

— Oui, un remède pour guérir cette chose du chat. Un bibelot quoi, je ne sais pas au juste. Tu vois bien ce que je veux dire : des tresses de crins de cheval, un ongle de bouc, une plume de paroque, tu sais bien, quoi...

— C'est possible, en y pensant, ça se pourrait. Faudrait voir dans sa cache, près des saules, là où il mettait ses bouteilles.

Marguerite entrebâille la porte et passe la tête. Sur son visage luisent des plaques blanches qui sont sa façon à elle d'être pâle. Elle fait signe à son homme :

— Viens vite, viens vite...

Maurras reste seul dans le matin.

Le ciel est maintenant comme une grande meule bleue qui aiguise la faux des cigales. La brume violette commence à couler dans les bas-fonds comme un fleuve de boue.

Par-dessus l'épaule des maisons on voit sur la colline le pré d'Arbaud avec le foin coupé tout épandu sans qu'on songe à le tourner et à l'entrer ; on a d'autres soucis pour l'heure.

Maurras revient chez lui. Ses sandales de raphia et le tapis de poussière le font pareil à une ombre qui se déplace sans bruit. Pourtant, comme il arrive près de la porte de Jaume, elle s'ouvre. Alexandre est là, dans le noir, on ne voit que sa moustache et ses yeux.

— Alors, demande-t-il ?

Maurras explique son idée du remède.

— C'est pas par là qu'il faut chercher. Je le sais, moi, ce qu'il faut faire ; je le dirai quand il faudra.

Et puis, à voix basse, il ajoute :

— Avant tout, faut se méfier de Janet, voilà.

Il referme et on l'entend pousser le verrou.

A la maison d'Arbaud un volet s'ouvre : on guette aussi, là.

Le jour tant redouté est venu, tout doucement, une heure poussant l'autre.

On est allé visiter la cache de Janet ; il y avait deux bouteilles vides, un bout de papier de chocolat et une racine sèche de forme bizarre. Maurras l'a mise dans sa poche. Jaume a haussé les épaules :

— C'est de nous que doit venir le remède. Ces racines, ces graines de cyprès, toutes ces peinturlures, ça sert de rien, c'est moi qui te le dis. Le remède ? C'est dans nos bras et dans notre tête, qu'il est. Dans nos bras, surtout. Les collines, ça se mène comme les chevaux, dur. Tu comprends bien que je les connais ; je n'ai pas chassé sur elles pendant trente ans sans avoir appris leurs façons de faire. Ça va nous tomber sur le poil d'un coin que nous ne surveillons pas et, tout de suite, il faudra présenter la poitrine et faire marcher les bras. Qui gagnera ? Nous. Pas l'ombre du doute. C'est un mauvais moment à passer, mais je jouerais qu'on gagnera. Ça c'est toujours vu comme ça. Seulement, pour gagner faut pas bâiller aux santons.

Malgré tout, Maurras a mis la racine dans sa poche. Et Arbaud a dit : « Fais voir. » Et il a vu : elle est comme une petite fourche polie au couteau. A voix basse il a soufflé : « Garde-la, on ne sait jamais... »

Enfin il a bien fallu mettre les femmes au courant de la chose. Déjà, elles s'étonnaient de voir les travaux abandonnés et tous ces prêches autour de Jaume. « C'est donc ça », ont-elles dit. Et chacune de raconter sa petite histoire : une a vu le chat ; l'autre a entendu des voix dans les arbres ; Babette a parlé de son placard qui grommelle tout seul comme une grande personne. Marguerite savait déjà. Mais, elle, il faut traverser trois épaisseurs de graisse pour trouver la peau sensible.

A la nuit, ils se sont barricadés.

Jaume a chargé soigneusement les six canons de ses trois fusils. Sa grande fille sèche et brune comme un sarment pèse la poudre dans la petite balance : « un peu plus que pour le sanglier ». Puis dans le creux de la main elle la passe à son père. C'est elle qui a vérifié les verrous, bouché le trou de l'évier avec un chiffon et visité la maison de la cave au grenier jusqu'à ce que son père crie : « Ulalie, à la couche. »

Babette a préparé une petite veilleuse pour la chambre, puis elle s'est pelotonnée sous les draps, la tête contre les genoux, pendant que son mari se déshabillait. Comme il allait monter sur le lit, elle a sorti le nez :

— Aphrodis, tu as bien fermé la remise ? Tu aurais dû mettre la charrue derrière la porte...

Tant et tant qu'à la fin, Arbaud s'est décidé. Mais il n'était pas encore sorti qu'elle a bondi du lit, en chemise :

— Aphrodis, attends-moi, ne me laisse pas seule, je vais avec toi !

Maurras a fait son lit dans la chambre de sa mère ; le petit valet est venu gratter en pleurant à la porte ; il ne voulait pas coucher seul au grenier. On l'a fait entrer, et on a mis un matelas par terre.

Gondran et Marguerite se sont assis au chevet de Janet, les yeux gourds, la bouche amère, le cœur tout chaviré d'inquiétude, de mystère, de peur.

Et le jour tant redouté est venu, tout doucement, pendant la nuit, une heure poussant l'autre, et le voilà maintenant : il pointe au-dessus des collines.

D'un seul bond, le soleil dépasse le sol de l'horizon. Il entre dans le ciel comme un lutteur, sur le dandinement de ses bras de feu.

Tout le monde s'est précipité dehors : les hommes, les femmes, les deux petites filles, le chien Labri. Ils se dépêchent ; ils voudraient déjà avoir fini ; depuis la minuit ils guettaient le jour. Gagou accoté à son pilier regarde.

Ils sont venus sous le chêne, et, tous, ils se sont tournés vers Jaume sans mot dire. Il a compris qu'il était le chef. Il le savait. C'est bien ainsi. Il a ses deux fusils en bandoulière ; Ulalie le suit avec son fusil à elle : non pas une carabine de dame, mais un bon gros « deux canons », « chocké » des deux côtés. Sur sa hanche, une musette pleine de cartouches.

Babette est là, une petite fille à chaque main, comme un bel arbre qui marcherait avec ses fruits. Elle est là avec ses deux petites filles bien lavées, un peu poudrées, en robes du dimanche : « On ne sait jamais... »

Jaume a tiré les hommes à l'écart.

— Laissons les femmes, dit-il, voilà : je vais monter aux Sablettes. Là, je tâcherai de voir de quoi il retourne. Maurras gardera le côté de Bournes, Gondran les Ubacs, Arbaud les Adrets. Ce qu'il faut guetter ? Tout et rien : le poids de l'air, le chaud, le frais, le vent, le nuage, on peut en tirer enseignement. Allons...

Et sans attendre, il part à grandes enjambées. Avant de disparaître dans les fourrés de genêts, il se retourne, et, les mains en porte-voix :

— Ça vient toujours du côté qu'on ne surveille pas. Pensez bien à tout ; ouvrez l'œil. Et, surtout, si vous voyez le chat, ne tirez pas.

Puis il entre dans les hautes herbes.

Les hommes sont partis.

Et Gagou est sorti du cadre des piliers.

Il s'est avancé sur la place, du côté des femmes, les

bras ballants, la tête en avant comme une marmotte qui danse.

Sa lèvre pend ; il bave ; son menton est huilé de salive. Une grimace qui est son sourire plisse son nez et le tour de ses yeux.

Maintenant, sur la placette, il saute lourdement en balançant les bras. Un pied, l'autre, un pied, l'autre, puis les bras... Ses pas font floc, floc, et la poussière fume autour de lui, bleue et rousse.

Jusqu'à midi ils ont monté la garde sur les chemins qui joignent les Bastides.

Il n'est rien venu ; ni le chat, ni rien d'autre. Mais, le malheur est-il obligé de passer par les routes ? N'y a-t-il pas assez d'espace au-dessus de la tête des hommes, entre leurs cheveux et les nuages ?

Justement Gondran regarde la forme des nuages.

Il y en a un qui s'appuie pesamment sur le dos des collines comme une montagne du ciel ; comme un pays du ciel, un grand pays tout désert, avec des vals ombreux, des croupes nues où le soleil glisse, des escarpements étagés.

Tout désert, qui sait ? Il y a, peut-être, là-haut, des montagnards célestes avec de longues barbes noires et des dents éclatantes comme des soleils. C'est un pays au-dessus du pays des hommes...

Jusqu'à maintenant Gondran cherchait dans les nues la menace de l'orage, la pâleur qui annonce la grêle livide ; il ne pense plus à la grêle.

La grêle, c'est le blé couché, les fruits hachés, la mort de l'herbe, et puis après... Ce qu'il guette, maintenant, c'est une chose qui le menace lui-même, et non plus l'herbe. L'herbe, le blé, les fruits, tant pis, sa peau, avant tout ça.

Il entend encore la voix de Janet : « Tu sais, toi, le malin, ce qu'il y a derrière l'air ? »

Et comme ça, jusqu'au moment où l'on a hélé des Bastides.

C'était seulement pour la soupe.

Cette matinée calme les a un peu rassurés. Et surtout cette bonne soupe de choux et de pommes de terre qui tient au ventre et fait du bon sang net, tout de suite prêt, qui coule tout de suite dans les ruisseaux de la chair et de la cervelle, plein d'espérance.

— Tu verras, dit Arbaud, nous en serons quittes pour la peur.

« Il a mieux valu se tenir sur notre garde, puisqu'on était prévenu, ça c'est sûr, mais ça a l'air de bien se tripoter jusqu'à présent.

Ils se sont couchés sous le chêne pour la sieste.

— Eh, là-bas, tais-toi, ont-ils crié à Gagou qui jouait du tambour sur un bidon vide ; puis ils lui ont jeté des pierres.

Et Gagou n'a plus fait de bruit.

C'est le silence qui les réveille. Un silence étrange. Plus profond que d'habitude ; plus silencieux que les silences auxquels ils sont habitués.

Quelque chose s'en est allé ; il y a une place vide dans l'air.

— Eh, fait Gondran inquiet.

Aussitôt ils sont debout. Il manque quelque chose à la façon de bruire des Bastides. Quoi ?

C'est venu sur eux tout d'un coup, comme ça. Ils regardent autour d'eux en tournant le cou par petites saccades ; ils examinent longuement les objets familiers : le rouleau, la herse, la charrue, le tarare ; puis ils reviennent : la charrue, la herse, le rouleau...

Rien ; c'est comme d'habitude.

Pourtant il manque quelque chose.

D'un bloc ils se tournent vers la fontaine.

Elle ne coule plus.

Jaume arrive comme ils sont en train d'essayer le dernier remède.

Gondran a embouché le canon de la fontaine. Le tuyau de fer emplit sa bouche ; il tète de toutes ses forces pour faire venir l'eau. A chaque aspiration on entend gargouiller quelque part dans la profondeur du rocher ; il se retire aussitôt. Il coule seulement un peu de sa salive qui est restée collée contre le fer.

Ils ont dû tous essayer. Ils ont tous de la rouille sur les lèvres.

— C'est trop profond, dit Jaume, tu n'y arriveras pas. C'est vrai que vous n'étiez pas encore ici quand on a fait cette fontaine : le tuyau file tout droit, un peu en pente, jusque par là-haut, tu vois ? à peu près où il y a ce petit figuier. Là, c'est une poche d'eau. Si ça ne coule plus, c'est, ou bien que le tuyau est bouché, ou bien que toute cette longueur est vide. Alors tu peux téter, collègue. Demain matin, nous déterrerons le tuyau.

Ce matin ils ont sorti de la terre, sur toute sa longueur, la canalisation de fer. Elle est allongée sur la colline comme un grand serpent pustuleux.

Ça ne vient pas de là.

Ils ont cherché la dalle ; elle est sous le genévrier. Ils l'ont descellée et tirée. Penchés sur le trou, ils ont écouté. On n'entend rien couler.

— Des fois, dit Jaume, cette eau ne fait pas de bruit. Elle sue de la terre, tout doucement, et, à la fin, ça fait pourtant des lacs que nous en aurions pour toute notre vie. Je vais descendre.

Il a été tout de suite en bas ; ce n'est pas profond. On lui a passé un calen à huile.

— Holo, demande Arbaud, ça va ?

La voix de Jaume monte avec la fumée de l'huile :

— L'eau est partie, c'est tout sec.

« Et alors, dit Marguerite, comment ferons-nous pour sa soupe et pour sa tisane ?

« J'en ai encore un peu dans le seau, et je vais aller chercher celle que j'ai descendue aux chèvres...

« Qu'est-ce qu'il a dit, Jaume ? Il n'a pas une idée ? Il ne sait pas si on en trouvera ?

« Nous, nous boirons du vin, c'est sûr ; mais, le père ?

« J'en aurai à peine pour aujourd'hui, peut-être demain, et après ?... »

Ce matin ils sont au travail avant le jour en plein dans la colline, tous les quatre, à chercher.

Ils font un trou jusqu'à la terre noire, puis Jaume y colle son visage et hume...

Ils font un trou un peu plus loin...

Ils ont eu un moment d'espoir quand ils ont vu une touffe de joncs. Mais c'étaient des joncs que la vieille source faisait vivre et qui sont en train de mourir...

Ce soir, le troisième jour, ils sont revenus brisés de fatigue ; las, surtout, d'espérances déçues. Et ils ont bu, avidement, de larges coups de vin frais.

« Et alors, dit Marguerite, comment ferons-nous pour sa soupe et pour sa tisane ?

« Je n'en ai plus.

« Babeau non plus ; la mère Maurras non plus. Ulalie m'en a donné un pot à eau ; tout juste pour ce soir. »

Gondran est venu sous le chêne, avec tout son attirail : son rasoir, son cuir, son quart de soldat, le blaireau et le miroir.

Il porte tout cela pêle-mêle, serré contre sa poitrine, sauf le quart, qu'il porte délicatement au-devant de lui, entre le pouce et l'index.

Dans le tronc du chêne il y a un clou pour le miroir, un moignon de branche pour la serviette, c'est très commode.

Il commence à se savonner la figure. La mousse de savon est violette. Jaume le regarde.

— Tu te rases avec quoi ?

— Du vin, pardi. Ça m'est déjà arrivé une fois, dans le Queyras, pendant les grandes manœuvres.

— Tu te fais beau ?

— C'est surtout pour me sortir un peu de là-dedans, dit Gondran en montrant sa maison.

Jaume reste un moment à écouter chanter le rasoir sur les joues de Gondran. Il regarde la fontaine. Sous le canon, la mousse est blanche comme une barbe de chèvre.

— Tu ne sais pas à quoi je pense ? Janet nous la trouverait peut-être, la source.

— Janet ? Ah ! va, c'est un couillon.

— Pas tant que ça ; écoute, Médéri, dans le temps, ton beau-père était renommé pour connaître beaucoup de choses sur l'eau. Les puisatiers venaient un peu le toucher, avant de commencer à creuser. Quand il était encore dans la plaine je me souviens que M. Boisse qui en ce temps faisait ses fontaines, était venu le chercher en voiture, tout exprès. C'était avant que tu maries la Marguerite. C'est lui qui a trouvé la poche d'eau, ici : « Creusez là, qu'il disait, elle n'est pas basse ; je la sens. » On a bien rigolé d'abord, puis on a été obligé de creuser où il disait et on a trouvé. J'ai envie d'aller le voir.

— Si tu veux.

Gondran se racle le menton avec précaution. Il a une petite fossette, tout au bout, où il se coupe chaque fois.

— Alors, père Janet, comment ça va, depuis ?

— Il ne vous reconnaît pas, souffle sa fille.

Le regard très net de Janet vise Marguerite :

— Elle est folle, celle-là. Reconnais pas ? Et alors, tu crois que j'ai tourné ?

— Eh, il a encore bonne oreille.

Jaume s'assied au pied du lit, dans le droit fil de ce grand corps tout en os et en peau, et en regard et en paroles.

— Comment ça va, Janet ?

— Mal et ça dure.

— Tu souffres ?

— De la tête.

— La tête te fait mal ?

— Non. Elle ne fait pas mal comme aux autres ; elle est pleine, voilà, et elle craque toute seule dans l'ombre, comme un vieux bassin. On me laisse seul tout le temps, je peux pas parler, ça s'accumule dans moi, ça pèse sur les os. Il en coule bien un peu par les yeux, mais les gros morceaux, ça peut pas passer, ils restent dans la tête.

— Les gros morceaux de quoi ?

— De vie, Jaume.

— Des morceaux de vie ? Comment tu veux dire ?

— Ça, tu vas voir :

« Je me souviens de tout ce que j'ai fait dans la vie. Ça vient par gros morceaux, serrés comme des pierres ; et ça monte à travers ma viande.

« Je me souviens de tout.

« Je me souviens que j'ai ramassé un bout de ficelle sur la route de Montfuron, en allant à la foire de Reillanne. J'en ai arrangé mon fouet. Je vois la ficelle, je vois le fouet, je vois la roue de la charrette comme je l'ai vue quand je me suis baissé pour ramasser la ficelle. Je vois les pieds du mulet que j'avais à cette époque.

« Sur le mur, là, en face, je vois tout ça, tout le temps : la ficelle, le fouet, la roue. Je ferme les yeux, alors c'est dans ma tête.

« Et c'est comme ça de tout ce que j'ai fait.

« Maintenant que je t'en ai parlé, ça passe un peu.

— Tu te souviens de tout ?

— De tout. Même des choses...

— Des choses ?...

— Je veux dire des choses qu'on fait, parfois, en croyant que ça s'effacera, et puis ça reste ; après, on les retrouve, dans le temps toutes droites, qui vous attendent.

— Des mauvaises choses ?

— Tu sais, toi, ce qui est mauvais et ce qui est bon ?

Jaume se tait. Il y a dans la parole du vieux des avens où gronde une force cachée.

— Gritte, de l'eau.

Il a changé de voix pour réclamer à boire.

Marguerite vient doucement avec un peu d'eau dans une tasse.

— Tu en as encore, demande Jaume à voix basse.

— C'est l'eau bénite que j'ai montée pour les Rameaux. Elle était dans l'armoire. Tant vaut qu'elle serve à quelque chose.

— Janet, puisque tu te souviens de tout, tu dois te souvenir du jour où tu as trouvé la source ?

— Oui. Tu étais de ceux qui riaient, toi aussi.

— Qui se serait douté.

— Vous êtes tous les mêmes. Vous voulez toujours comprendre : celui-là fait ça, pourquoi ? Celui-là fait ci, pourquoi ? Laissez donc faire ceux qui savent. L'ai-je trouvée, oui ou non ?

— Tu l'as trouvée.

— Et de belle eau ?

— Et de belle eau.

— Qu'est-ce que tu veux de plus ?

Jaume se décide d'un coup.

— Je voudrais savoir comment tu as fait. De quelle façon faut tripoter la terre ou bien s'y a une herbe qui marque la place où passe l'eau ?

— Regarde un peu si tu trouves ma chique.

— Où ?

— Là, dans le drap, cherche un peu.

Jaume trouve la petite boule de tabac déjà mâchée et encore humide.

— Donne.

Il la lui glisse dans la bouche.

— Tu connais la chanson, Lissandre ?

A la foire de Pertuis
si tu donnes pas dix piés,
le garçon d'établerie
te vide le râtelier

Janet rit. Un fil de jus de tabac coule du coin de sa lèvre.

— Ah, vieux coquin, plaisante Jaume, tu contournes, tu ne veux pas me dire ton secret pour trouver l'eau ?

— Mon fi, c'est pas possible ; ça vient de naissance, si tu l'as pas de naissance, tu peux te fouiller. C'est le ventre de la mère qui l'apprend ; fallait t'y mettre à l'avance. Ores, c'est trop tard.

« Celle que tu as ne te suffit pas ? Elle n'est pas bonne mon eau ? De l'eau de colline que t'en trouveras jamais la pareille.

Jaume va lui dire que la source est morte, mais, déjà, Marguerite lui fait : chut avec son doigt gras.

D'ailleurs il est fixé, maintenant : Janet ne dira rien : ruse, maladie ou méchanceté...

— Je le savais, dit Gondran en entrant, qu'est-ce que tu veux tirer de ça : il montre Janet muet enfin ; c'est tout mauvais, de l'orteil jusqu'à la tête.

Le plus pénible c'est à partir de midi.

Depuis deux jours il semble que le soleil ait fait un bond vers la terre : son brasier rapproché craque au bord du ciel. La chaleur tombe épaisse comme une pluie d'orage. L'air tremble ; de grands tourbillons visqueux le troublent.

On ne boit plus que du vin ; et le gosier avide en demande sans cesse.

Et la soif est toujours là.

Les heures sont faites d'un grand rêve où dansent des eaux d'argent.

Tout est prêt pour l'expédition : les cordes, les bidons, le briquet à essence, les cannes ferrées, le fusil. Il ne reste plus qu'à attendre la nuit. Elle sera bientôt là : le ciel est vert, les nues légères, tout à l'heure rosées, bleuissent doucement ; toute la poussière blanche du soleil se dépose dans une coupe de l'horizon, l'ombre de Lure monte.

Voilà ce qu'on va faire : puisqu'il est entendu que Maurras a vu par deux fois Gagou revenir à l'aube avec les pantalons pleins de boue et les cheveux ruisselants d'eau, on va le suivre, cette nuit. Il doit avoir trouvé une source ; on verra bien.

Certes, il aurait mieux valu ne pas s'engager dans le désert pendant la nuit, mais c'est le seul moyen.

Et puis, il y a la lune. Voyez : l'ombre du cyprès noircit peu à peu et se dessine sur l'herbe.

A haute voix on se souhaite le bonsoir. On marche sur la placette. Les portes claquent; plus que d'habitude, les volets battent. Il faut faire croire à Gagou qu'on se couche.

Un petit vent de nuit fouille dans le feuillage du chêne. Un rossignol chante.

— Le voilà, souffle Jaume.

La lune éclaire en plein les deux piliers moussus et la cabane de tôle. Gagou sort. Il n'a que ses brailles ; son torse est nu, sa grosse tête se lève vers la lune. Dans la lumière blanche il allonge sa lèvre baveuse d'où sourd un gloussement modulé. Il chante.

Il danse aussi. Le clair de lune l'emplit d'un tumulte léger : il se meut doucement, comme sur la pointe des herbes, presque sans bouger les pieds, sa hanche ondule, il titube, ivre de soir. Il sort des piliers.

Et d'un coup il s'élance comme s'il se ruait sur la nuit.

— Laissons-le prendre un peu d'avance, dit Maurras, il a l'oreille fine. C'est bien par là qu'il vient, le matin. Je sais qu'il passe par la Thomassine, nous ne le perdrons pas.

Après la touffe d'arbres des Bastides, sur le chemin que suit Gagou, c'est la lande, nue comme la main, et qui monte légèrement vers le haut récif de Lure.

On le voit, là-bas, marcher toujours comme en dansant.

— Allons-y.

Jaume se dresse, et Maurras. Arbaud et Gondran gardent les femmes.

— J'aurais bien voulu attendre Ulalie, dit Jaume, elle est encore partie après-midi, et elle rentre tard. Elle est à la piste de l'eau, elle aussi. Gondran, guette-la, et dis-lui d'aller coucher chez toi. Comme ça elle ne sera pas seule.

Quand on a dépassé la Thomassine, il y a deux routes. Deux routes, c'est trop dire ; on peut, de là, se diriger sur deux endroits. D'un côté, on descend peu à peu tant qu'on n'a pas rejoint le lit sec d'un torrent. On le suit, et on débouche aux « Plaines », sur le chemin de Reillanne. De l'autre, c'est toujours la lande nue, et qui monte un peu ; on passe par une échancrure de rocher et on arrive dans un large cirque évasé, directement sous Lure. C'est toujours le désert. Au centre de la combe, il y a le cadavre poussiéreux d'un village. Un village sans habitants. Il y en a comme ça cinq, sous Lure. Celui-là, c'est pour le choléra de 83 qu'on l'a quitté. Il y eut cent morts, dix dans un jour. Il ne resta qu'une vingtaine de femmes et d'enfants qui quittèrent la montagne, baluchons à l'épaule, et, par les champs, la nuit s'infiltrèrent dans les bourgs de la plaine. Depuis, plus personne. Les maisons sont à moitié éboulées. Dans les rues pleines d'orties le vent ronfle, chante, beugle, hurle sa musique par les trous des fenêtres sans volets et des portes béantes.

Gagou prend du côté du village.

— Hep, fait Maurras doucement.

Ils s'arrêtent. Le pas clair de Gagou sonne devant eux.

— Il va là-haut.

— Ça semble.

— Tu te sens d'y aller, la nuit ?

— A deux, oui ; seul, j'aimerais mieux retourner, mais, deux. Et puis, il faut bien savoir où il la prend, son eau.

La lune fait de Gagou un être étrange. D'instinct, à présent qu'il est sur le territoire de la sauvagine, il a pris l'allure inquiète et rasée d'une bête. Il a courbé sa longue échine ; le cou dans les épaules, il va la tête penchée en avant ; ses grands bras pendent jusqu'au sol comme deux pattes. Ainsi, il est doublé d'un monstrueux quadrupède d'ombre qui bondit à ses côtés.

Il module toujours son cri chantant. Parfois son pas prend encore l'allure d'une danse ; sa voix, alors, s'éparpille, plus aigre et plus joyeuse.

C'est comme ils entrent dans l'échancrure des roches que Maurras, encore une fois, fait hep, et arrête Jaume.

— Ecoute.

— Oui. Depuis un moment, moi aussi...

— Sur la gauche ?

— Sur la gauche.

— C'est drôle ; c'est du côté de la Mort d'Imbert. Qui ça peut être ?

— Sais pas.

On entend un pas, en effet, sur la pente de la colline, comme quelqu'un qui marcherait à côté d'eux sur une piste parallèle.

Des pierres roulent. Devant Gagou va.

Ils se remettent doucement à marcher, l'oreille au guet.

— C'est un pied qui connaît.

— Tu ne vois rien, toi qui as de meilleurs yeux ?

Il ne voit rien, mais il reste en arrière et retient Jaume par le bras.

— Jaume, retournons. Ecoute-moi. A part nous deux et Gagou qui peut aller de nuit vers le village par le désert ? Qui ? Sauf...

« Tu sais bien, toi-même, c'est pas un conte, depuis le choléra, il se passe, là-haut, des choses où il vaut mieux pas aller mettre le nez. Tu as vu le berger des Campas, quand on l'a rapporté sur la claie ? Tu l'as vu ? Il n'est pas mort de mort simple. Tu as vu ses yeux ? Et son cou, tout tordu comme une corde de puits ?

Jaume, un moment est là, sans rien dire. La voix de Maurras se prolonge, vivante en lui. Il a vu le berger mort, les vingt brebis mortes, le chien mort, et les torrents de mouches qui dévalaient la rue déserte.

Il chevrote, à voix basse :

— Je sais. César, mais l'eau.

Il a dit le mot qu'il fallait, pour Maurras et pour lui-même. C'est l'eau, évoquée, qui les pousse en avant. La nuit plus fraîche est comme une promesse sur leurs joues ; devant eux se dresse le grand corps de Lure : la mère des eaux, la montagne qui garde l'eau dans les ténèbres de sa chair poreuse. Au fond de l'air tremble la flûte d'une source ; dans les herbes, une grande roche plate miroite comme un œil d'eau. La lumière de la lune coule des hauteurs du ciel, jaillit en poussière blanche et l'ombre de Gagou nage sous elle comme un poisson.

— Tu n'as plus rien entendu ?
— Non. C'était, peut-être un de Villemus qui rentrait.
— Faut souhaiter.
— C'est à peu près par là que passe le chemin des Grandes Aires ; c'était, peut-être, un de là-haut qui revenait par le raccourci. Hier c'était la foire à Manosque.
— Des fois, aussi, un marchand de rubans.
— Des fois.

Et voilà, couché devant leurs pas le squelette du village. Ce n'est plus qu'un tas d'os brisés sur lequel s'acharne le vent. Le long fleuve d'air mugit dans les maisons vides. Les ossements luisent sous la lune.

Au fond du vent le village est immobile dans la houle marine des herbes.

Gagou suit dans les orties un chemin bien tracé. Maintenant il frémit et bondit comme une feuille morte dont le vent joue.

Maurras et Jaume enjambent les poutres et les pierres avec précaution. Pas assez pour que les bidons qu'ils ont en bandoulière ne sonnent pas.

— C'est pas le moment de faire du bruit, mon gars, fait Jaume qui s'est arrêté à plat ventre sur un monticule de décombres. Je crois qu'on y est. Quittons toute la ferblanterie sous la ronce. On reviendra la chercher tout à l'heure.

Les maisons jettent dans la rue une ombre en forme

de scie. De loin en loin il semble qu'une fenêtre est éclairée ; non, elle est ouverte plus droit sur la lune. Cette même lumière froide est dans les âtres sans grillons. Elle découpe les ombres en hommes encapuchonnés qui font la veillée dans les salles au sol crevé, parmi le jaillissement des orties et des aubépines.

Une grange presque intacte, avec une porte arrondie ; un peu de paille en déborde. C'est par là qu'un soir d'orage, le berger des Campas s'en est allé de l'autre côté, avec ses ouailles et son chien, tous ensemble comme ils allaient de ce côté-ci.

Gagou, d'un saut, disparaît.

Jaume, le nez levé, renifle longuement.

— Je sens l'eau.

Tout d'un coup, comme ils sont au sommet de la rue montante, ils voient :

C'est une place.

Les façades des maisons sont encore droites. Un balcon de guingois arbore un tronçon de hampe, et une pancarte où on peut lire : « Cercle républicain ». L'herbe pousse entre les pavés. Un mûrier ébouriffé roucoule dans la main pâle de la lune.

Au centre de la place une vieille fontaine étale son ventre. A part la montagne de Lure et les arbres, c'est sûrement la plus ancienne chose de tout l'entour. Sa margelle est usée par le frottement des bridons ; du bassin rond émerge un pilier portant les canons de bronze. Quatre joufflus aux joues de marbre, la bouche arrondie autour des tuyaux, soufflent : et l'eau ne coule pas. Pourtant le bassin est plein d'eau claire ; sa richesse ruisselle sur les pavés, sa force a effondré le dallage, des prèles énormes ont jailli d'elle ? Ah, ce grand pilier qui émerge, vit, comme quelqu'un qui tremblerait sous un manteau. La source sue, tout au long de lui dans la mousse. Il n'y a de sec que les quatre masques de marbre qui regardent les maisons mortes.

Gagou est là, rué sur l'eau. Il la brasse du moulin de ses bras, et elle gicle autour de lui. Elle est sur lui, toute à la fois : dans ses cheveux, contre les poils de sa poitrine, sur son dos maigre, et on l'entend qui froufroute le long des pantalons de toile.

Maintenant il boit.

De ses bras étendus il embrasse la coupe du bassin débordant, il a collé sa bouche sur une faille de la margelle ; entre les gueulées il geint de plaisir comme un petit enfant qui tète.

Les deux hommes regardent cette joie folle ; leur joie, à eux, est plus ordonnée. Elle est dedans leur cervelle comme une grande fleur de tournesol.

— Il faudra nettoyer le bassin, souffle Jaume.

— Et raccorder le tuyau, dit Maurras.

— On viendra, chacun son tour, avec des bidons, dit Jaume.

— Chacun son tour, comme au régiment, dit Maurras...

Ils sont là, dans l'ombre, comme des saints jumeaux dans le creux d'une niche. Au souffle de leur parole alternée, la fleur de leur joie s'épanouit, plus large que le soleil.

— Je vais chercher les bidons, dit Jaume.

— Et, tout compte fait, dit Maurras en attirant son verre d'absinthe, il vaut mieux que Jaume n'ait pas vu ce que j'ai vu.

Il boit. Gondran en profite pour boire aussi ; il n'aurait pas voulu interrompre le fil de l'histoire.

— ... Pour faire le va-et-vient, de là à la ronce il faut un quart d'heure. La lune, à ce moment, donnait à plein sur la place ; c'était presque comme le jour. Entre l'endroit où il y avait le cercle et l'ancienne boulangerie, débouche une ruelle toute droite ; la lune l'avait emplie de lumière, on aurait dit une barre d'argent neuf. Pas plutôt Jaume parti, du bout de la ruelle j'ai vu arriver une forme noire, haute, mince, si mince que, d'abord, j'ai cru que je rêvais. Puis, ça a grandi, et ça s'est trouvé, subito, en face de moi, à dix mètres de l'autre côté de la fontaine. Je suis resté un moment, tu sais, ça battait dur, sous la chemise...

« Cette chose droite regardait Gagou. Petit à petit, je me suis dit : "Mais, César, c'est pas Ulalie, ça ?" Ça semblait bien, en tout cas.

« Va te faire foutre qu'elle siffle, et mon Gagou lève le nez ; là, tout net, comme au commandement. Il dresse la tête, il la voit, il court vers elle. Ils devaient en avoir l'habitude ; c'était réglé comme un papier à musique.

« Elle pose son fusil contre le mur...

Maurras se tait. Il regarde avec méfiance autour de lui. Il est bien seul avec Gondran, dans la cuisine où Janet dort les yeux ouverts. Janet, ça n'a pas d'importance, mais la porte de la chambre est entrebâillée et on entend Marguerite qui tape les matelas.

Il cligne de l'œil : « Va pousser la porte. » Gondran revient s'asseoir.

— ... Donc, elle pose son fusil contre le mur. Elle se couche, retrousse sa jupe, écarte les jambes, et voilà mon Gagou sur elle.

— Ça, fait Gondran stupéfait. Il frappe du poing sur la table. Ça, alors, non.

— Tel que je te le dis. D'où j'étais je l'ai bien vu : Gagou s'est couché sur elle, comme à l'exercice. Et, ça doit durer depuis longtemps.

— Ça, alors, fait Gondran, ça, tu sais...

Maurras déguste l'ébahissement de Gondran. Il le regarde qui joue maladroitement avec l'énorme nouvelle.

— Entre nous, reprend Maurras, la fille à Jaume, c'est laid, c'est vieux, c'est tout ce que tu voudras, mais, au fond, ça a de la peau de femme, comme les autres. Pour aller avec elle, faudrait avoir fait son service en Afrique. Elle a trouvé qui elle a pu...

— Je ne dis pas, grogne Gondran, je ne dis pas mais, avec Gagou. Il faut qu'on lui ait « porté tort », à cette fille. Et, qu'est-ce que tu as fait, toi, alors ?

— Je les ai regardés gigoter un moment, puis j'ai pensé qu'il valait mieux les faire partir avant que Jaume arrive, et j'ai lâché mon coup de fusil en l'air.

« Je lui ai dit que j'avais tiré pour faire partir Gagou mais, entre nous, Médéric, là, entre nous, eh bien, c'est pas la peine qu'il fasse tant son fier.

C'est Gondran qui est allé le premier au village mort pour chercher l'eau de tous. Il y est allé en plein jour, avec la charrette et le mulet. Il en a porté cinq grandes jarres.

Jaume a fait une liste des noms : Arbaud, Gondran,

Jaume, Maurras, dans l'ordre de l'alphabet. Il l'a clouée sur le tronc du chêne ; comme ça, il n'y a pas à discuter : quand le tour arrive, on y va.

Et cependant, c'est Gondran qui y est allé le premier parce que Arbaud n'a pas la tête à ça, aujourd'hui ; sa petite fille est malade. Marie, l'aînée.

Il y a deux jours qu'elle grelottait malgré la touffeur immobile de l'air. Elle a dû boire à plein ventre de l'eau de la citerne qui sert seulement pour les bêtes. Ça lui a pris l'autre soir et déjà ses joues se sont creusées. Elle passe sa langue sur ses lèvres gercées pour les assouplir et, toujours, la fièvre les durcit. Un grand cerne meurtrit ses yeux brillants.

Ce matin elle s'est mise à suer ; il a fallu changer les draps de son lit. Elle était toute gluante de sueur.

Babette est là, près du lit, à pleurer et à répéter inlassablement : « Ma petite, ma petite, ma petite », comme pour faire comprendre au sort quelle injustice c'est, de faire souffrir sa petite à elle.

Arbaud est allé chercher Jaume. Il est venu avec son livre, un Raspail couvert de papier de boucherie.

Ce livre est devenu quelque chose d'important à force d'entendre dire à Jaume : « Je l'ai acheté l'année que je me suis marié ; j'en avais envie depuis trois ans. »

Il tourne les pages, suit du doigt la table des numéros :

— C'est ça, tu vois.

Il pousse sous le nez d'Arbaud la page où c'est marqué.

— C'est ça, c'est bien ça, tu vois...

Ils lisent tous les deux en épelant ; de temps en temps Jaume lève la tête et regarde le plafond comme quelqu'un qui cherche à comprendre.

— Alors, qu'est-ce que c'est, demande Arbaud, c'est grave ?

— Non, tu le vois, c'est écrit. Un médecin y t'en foutrait pour quinze francs de drogue et puis de la diète, en veux-tu en voilà. Ça, c'est le médecin des pauvres, et puis c'est un rude, tu peux me croire. Voyons ce qu'il dit : Tisane de bourrache... Vous en avez de la bourrache ?

— Oui, oui, dit Babette.

— ... faire rôtir une tranche de pain, la tremper dans du vin doux et l'appliquer sur la plante des pieds du malade... pas difficile !... Escudé : on appelle escudé, un écu de coton arrosé d'eau-de-vie et saturé de fumée d'encens... mets-lui aussi un escudé. Tiens je te marque tout ça sur ce papier. Si tu ne t'en souviens pas bien, viens me voir, j'ai le livre.

— Alors, vous êtes sûr que ce n'est rien ? demande Babette en accompagnant Jaume jusqu'au seuil. Vous êtes sûr ?

— Ne t'inquiète pas, j'en suis sûr, c'est écrit.

Il tape du plat de la main sur le livre pour attester.

— Il faudra, dit Babette en rentrant, en acheter un, de ces livres.

Malgré l'escudé et les tisanes de bourrache, Marie est toujours malade. Ses petites mains sont en porcelaine. Elle regarde du fond d'elle-même. A travers sa peau on voit le feu qui la dévore flamber autour de ses os. Elle est étendue, maigre comme un jésus ; elle ne peut même pas lever la main pour chasser les mouches, elle les laisse se promener sur sa figure ; quand elles arrivent près de l'œil, elle bouge un peu les paupières.

Babette aux yeux rouges lutte à côté d'elle. Elle a détourné toutes les boîtes où sont les simples, les herbes sèches pliées dans du papier journal : la camomille, la mauve, la sauge, le thym, l'hysope, l'aigremoine, l'aspic, l'artémise...

Elle a étalé sur la table tous les paquets ouverts. La santé de sa fille est dans ces fleurs ; sur le feu, déjà, l'eau chante dans la casserole. Il suffirait de jeter dans cette eau la bonne herbe, et, demain, Marie irait mieux. Elle cherche, et les papiers font sur la table le bruit du blé mur dans le vent.

Jaume a peur.

Depuis le matin où il s'est vu le chef, il a lutté à l'abri de l'espérance ; il était comme un ressort, un coup reçu le jetait en avant. Ce soir, il a rencontré brusquement sur sa route le torrent du désespoir et l'eau furieuse l'emporte.

Il a peur. Il n'a plus la certitude qu'on va gagner, dans cette lutte contre la méchanceté des collines. Le doute est en lui, tout barbelé comme un chardon.

C'est venu de Maurras.

Tout à l'heure il lui a dit :

— César, demain tu iras à l'eau.

Et César a répondu : Non ! C'est la première fois qu'on refuse !

— J'irai quand je voudrai, quand je voudrai, tu entends ?

« Ce n'est pas à toi à me commander.

« Je te dois quelque chose ? Parce que si je te dois quelque chose, dis-le, je te payerai. Et si je ne te dois rien, fous-moi la paix avec tes commandements.

« On n'est pas des enfants, on sait ce qu'on a à faire...

— Mais, puisque on s'est entendu...

— On ne s'est pas entendu du tout. C'est toi tout seul qui as fait la liste. De quel droit, d'abord ? Qu'est-ce que tu es, toi, ici, le pape ?

— Bon, ça va bien, j'irai, moi, a dit Jaume, j'irai à ta place.

Et Maurras, qui s'en allait, s'est retourné pour lui répondre :

— Envoies-y Ulalie, elle sait le chemin.

Ça ne va plus pouvoir aller comme ça. Avec un chef, il y avait encore des chances, quand celui qui marche devant sait...

Un doute lui prend le cœur : sait-il, vraiment ?

— Suis-je de taille à lutter avec la colère des collines ? J'ai de la bonne volonté... et c'est tout. Je leur ai fait monter la garde ; le malheur s'est faufilé entre eux, quand même. Il a volé au-dessus de nous, et il a choisi ce qu'il voulait, sans se gêner, comme chez lui : la fontaine, Marie, ...

« Il est toujours là, il me semble que j'entends bouger dans la nuit ses grandes ailes. Il guette...

« Qui, maintenant ?

Toute la nuit il s'est vautré sur ses espérances. Au matin il n'a plus qu'une idée : voir Janet. Lui doit connaître le fin mot de tout ça.

Et le jour s'est levé.

Marguerite, abrutie par cette danse de toutes les heures autour du lit, trébuche sur ses jambes enflées. Quand Jaume entre, elle est en train de dormir debout devant son buffet ouvert, sans savoir ce qu'elle venait chercher.

— Gritte, va te coucher, si tu veux, dit Jaume, profite de ce que je suis là, je vais rester un peu avec le père.

A peine seuls, Janet a parlé le premier, comme s'il avait, depuis longtemps, pressenti à travers les murs la venue de Jaume.

— Tu resteras jusqu'à ce soir, si tu veux tout dire.

— Janet, c'est pas de rire, cette fois, écoute-moi bien. J'avais pas encore osé t'en parler, mais, maintenant, il le faut. Si tu veux, tu peux nous sauver, écoute : j'ai vu le chat.

Janet est de bois mort, il ne peut plus frissonner, il a baissé d'un coup ses paupières.

Il les relève ; son regard fuse vers Jaume.

— Tourne-moi la tête, je te vois mal, et pour ce que nous avons à nous dire, il faut se voir.

Jaume prend la tête de Janet, et, doucement, il la tourne vers lui.

— Là. Tu l'as vu, quand ?

— Y a trois semaines.

— Et c'est maintenant que tu viens me le dire ?

— Je croyais pouvoir empêcher la chose, comme une fois, on dit que tu l'as empêchée mais, j'ai peur que ça n'aille plus, à cette heure.

— T'as compté les dents des collines ?

— Les dents ?

— T'as vu s'elles ont le poil dret ou un petit peu couché dans le courant du vent ?

— ...

— T'as parlé le berli du berlu à la corbelle du corbeau ?

— ...

— T'as louché ?

— ...

— T'as vu le nid du matagot, derrière la colle d'Espel, là où n'y a que des ginestes brûlées, que c'est lui qui les brûle dans son respir ?

Jaume se demande si c'est le même homme de tout à l'heure, aigre et net qui parle ainsi.

C'est le même : le même œil, la même bouche teinte de jus de tabac.

— Non, j'ai rien fait de tout ça.

— Que t'as fait, alors ?

— Moi, Janet, j'ai dit : "Surveillez les chemins, des fois que les mauvaises bêtes viendraient..."

« Alors, pendant qu'on guettait, quelque chose a blessé la fontaine, et elle est morte. J'ai cherché l'eau ; j'ai fouillé la terre, puis ma tête. A la fin, nous en avons trouvé au village, là-haut, tu sais où je veux dire ? Maintenant la fille d'Arbaud est prise de maladie. Une chose extraordinaire que mon livre ne connaît pas, et, elle va doucement à maigrir, que c'est, à cette heure, comme un petit pigeon. Elle peut à peine ouvrir la bouche pour dire maman. Une pitié.

« Le plus terrible, c'est que ça commence dans les cervelles. Maurras, déjà... Dans les cervelles où personne ne voit rien, où le mal va son train-train, sans se montrer, sans couleur, sans bosse, tout dou, tout dou.

« Tant qu'on est tous unis, on peut gagner; c'est dur de rompre un fagot. Mais, si on va chacun pour soi, à l'aveuglette, sans savoir, une fois l'un, une fois l'autre, on y passera.

« J'ai peur pour les Bastides...

— Couillon.

— ...

— Couillon, je te dis. Et ça veut commander, ça. Ah, tu as vu le chat; bon. Et tu as mis les hommes sur les chemins ?

Il rit. Sa bouche s'ouvre et craque comme une fente dans du bois.

— Et tu ne veux pas que je te dise couillon ?

Sa voix se fait plus rauque et plus basse. Il est de pierre. Ses yeux ne cillent pas. Il est comme une pierre creuse au travers de laquelle souffle un vent.

— Vous êtes foutus.

— Ne dis pas ça, Janet. On dirait que tu en es heureux.

— Je suis bien content; des couillons comme vous il y en a toujours trop.

— Pourquoi parles-tu comme ça ?

« Tu as à te plaindre de quelqu'un ?

— De tous.

— Qu'est-ce qu'on t'a fait ?

— Vous êtes toujours là, devant mes yeux, avec vos jambes qui bougent, avec vos bras comme des branches, avec vos ventres tendus ; vous avez pas seulement pensé à me donner un peu de votre vie. Un petit peu, j'en demandais pas beaucoup, juste pour bourrer ma pipe et aller m'asseoir sous l'arbre.

— Tu sais bien, Janet, que ça se peut pas. Faut pas nous en vouloir de ça. Et puis, tu penses un peu aux Bastides ? Ce petit morceau de la terre qui est à nous, ces maisons où on a eu son bon et son mauvais temps, ta fille, Gondran, qui te fait l'absinthe comme il faut ?

— Y me la donne plus depuis que je suis malade.

— Et les petites filles d'Arbaud qui pointent à peine dans la vie, et la Babette qui est venue de Pertuis rester avec nous et qui n'a jamais langui. C'est pas prêt pour la mort, tout ça.

— Je suis bien prêt, moi.

— Et tes champs, ces morceaux de terre claire dans les arbres, tes olives, tes bons melons. Tu y penses un peu à toutes ces choses ? Tu veux que ça redevienne de l'herbe sauvage ?

— Tout ça, je l'ai au cul ; je vais devant, c'est derrière. Où je vais j'en ai pas besoin.

— Tu es un égoïste.

— Je m'en fous.

« Et je te le redis encore une fois : c'est fini ; vous n'en avez pas pour un mois. Et tu sais que quand je dis quelque chose, c'est vrai.

« Tu te souviens de ta femme ? Je t'avais prévenu, pas vrai ? Tu l'as vue, pendue ? Et ta fille qui se fait tambouriner par le baveux... »

Jaume a bondi. La chaise tombe derrière lui. Il saisit Janet par le cou.

— Toi, dit-il, et les mots giclent entre ses dents serrées, y en a assez de tes méchantises, t'es pire qu'un loup. Tu le sais que de ma femme faut rien dire, surtout toi. Et de ma fille... Si t'étais droit je te mettrais mon poing sur la gueule.

— Cherche pas.

Il se calme, aspire un coup d'air, écoute vers la chambre où dort Marguerite.

Il redresse sa chaise et s'assied. Il est redevenu le maître de lui-même.

Janet semble mort. Mais on entend son petit rire qui grignote le silence.

— Janet, je ne suis pas venu pour me disputer. Tu vois, je suis tranquille maintenant. C'est pas moi tout seul qui risque, c'est tous, penses-y. Si tu sais ce qu'il faut faire, dis-le.

— Je vais te le dire. C'est un peu compliqué : faut voir les choses de haut ; comme qui dirait de la cime d'un arbre, et toute la terre serait dessous, étalée.

Janet halète ; une petite haleine d'oiseau. Il a fermé les yeux. Il regarde dans son dedans ; vers la cave de sa poitrine où tant de choses se sont entassées depuis quatre-vingts ans de vie.

Et ça s'est débouché tout d'un coup, ça a coulé, clair, puis épais, puis clair encore, la lie et le vin mélangés, comme si la bonde avait sauté d'un tonneau oublié.

« Tu veux savoir ce qu'il faut faire, et tu ne connais pas seulement le monde où tu vis. Tu comprends que quelque chose est contre toi, et tu ne sais pas quoi. Tout ça parce que tu as regardé l'alentour sans te rendre compte. Je parie que tu n'as jamais pensé à la grande force ?

« La grande force des bêtes, des plantes et de la pierre.

« La terre c'est pas fait pour toi, unique, à ton usance,

sans fin, sans prendre l'avis du maître, de temps en temps. T'es comme un fermier; il y a le patron. Le patron en belle veste à six boutons, en gilet de velours marron, le manteau en peau de mouton. Tu le connais, le patron ?

« T'as jamais entendu chuinter comme un vent, sur la feuille, la feuillette, la petite feuille et le pommier tout pommelé; c'est sa voix douce; il parle comme ça aux arbres et aux bêtes. Il est le père de tout; il a du sang de tout dans les veines. Il prend dans ses mains les lapins essoufflés :

« "Ah, mon beau lapin, qu'il dit, t'es tout trempé, t'as l'œil qui tourne, l'oreille qui saigne, t'as donc couru pour ta peau ? Pose-toi entre mes jambes; n'as pas peur, là, t'es à la douce."

« La douce amère et le ruisseau...

« Puis ce sont les chiens qui arrivent.

« Quand tu te dis : il chasse seul, c'est qu'il t'a semé pour aller au patron.

« La belle veste à six boutons et le ballon de la clochette au cou du mouton.

« Et, sous la cabane de ses jambes le chien et le lapin font ami, museau contre museau, poil contre poil. Le lapinot sent ton chien dans l'oreille, ton chien secoue l'oreille parce que le lapin a soufflé dedans. Il regarde autour de lui et il a l'air de dire : "C'est pas ma faute si je l'ai coursé tout le jour, dans la gineste et le labour, et les trous du ruisseau où il y a dans le profond des herbes de ficelle qui attachent les mains et les pieds."

« Puis, c'est tout qui vient : la tourterelle, le renard, la ser, le lézard, le mulot, la sauterelle, le rat, la fouine et l'araignée, la poule d'eau, la pie, tout ce qui marche, tout ce qui court; les chemins, on dirait des ruisseaux de bêtes : ça chante et ça saute comme un ruisseau, et ça coule et ça frotte contre les bords du chemin, et ça emporte des bouts de terre, et ça porte des branches entières d'aubépines arrachées.

« Et tout ça vient parce que il est le père des caresses. Il a un mot pour chacun :

"Tourtoure, route route, renar, nare", il lui tire des bouffettes de poils.

« Lagremuse, muse musette, museau du veau dans le seau.

« Après il va faire un tour dans les arbres.

« Et pour les arbres, c'est pareil : ils le connaissent, ils n'ont pas peur.

« Toi, tu n'as jamais vu que des arbres qui se méfient, tu ne sais pas ce que c'est qu'un arbre, au vrai. Et ils sont avec lui comme dans les premiers jours du monde ; quand on n'avait pas encore coupé la première branche.

« ... Y avait un bois, et pas encore le bruit de la hache, pas encore la serpe, pas le couteau, sur le coteau, le bois sur le coteau et pas la hache.

« Il passe à côté, la veste en peau de mouton, et le tilleul fait le chaton qui pleure, le châtaignier fait la femme qui geint, et le platane craque en dedans comme un homme qui demande la charité.

« Il voit les blessures, les coups de couteau et les crevures des haches et il les console.

« Il parle au tilleul, au platane, au laurier, à l'olivier, à l'olivette, la sariette et le plantier, et c'est pour ça, à la miougrane, pour sa pitié qu'il est le maître et qu'ils l'aiment et lui obéissent.

« Et s'il veut effacer les Bastides de dessus la bosse de la colline, quand les hommes ont trop fait de mal, il n'a pas besoin de grand-chose, même pas de se faire voir aux couillons ; il souffle un peu dans l'air du jour, et c'est fait.

« Il tient dans sa main la grande force.

« Les bêtes, les plantes, la pierre !

« C'est fort, un arbre ; ça a mis des cent ans à repousser le poids du ciel avec une branche toute tortue.

« C'est fort, une bête. Surtout les petites.

« Ça dort tout seul dans un creux d'herbe, tout seul dans le monde.

« Tout seul dans le creux d'herbe, et le monde est tout rond autour.

« C'est fort de cœur ; ça ne crie pas quand tu les tues, ça te fixe dans les yeux, ça te traverse par les yeux avec l'aiguille des yeux.

« T'as pas assez regardé les bêtes qui mouraient.

« C'est fort, une pierre, une de ces grandes pierres qui partagent le vent ; droites depuis qui sait ? Mille ans ?

« Une de ces pierres qui sont dans le monde depuis toujours, devant que toi, Jaume, la pomme et l'olivette, et moi, le bois et les bêtes, et les pères de tout ça, de toi, de moi, et de la pomme, devant que le père de tout ça, Jaume, soit seulement dans les brailles de son père.

« Une de ces pierres qui ont vu le premier jour, et qui sont depuis qui sait combien, toujours les mêmes, sans changer. C'est ça qu'il faut savoir, pour connaître le remède. »

Jaume écoute. Il sent le monde branlant sous ses pieds comme une planche de barque.

Sa tête est pleine des images de la terre : il voit des arbres, des plantes, des bêtes, de la sauterelle au sanglier, et c'est pour lui le monde bien solide où il marche le long des sillons immobiles.

Et maintenant ?

Certes il n'aurait pas cru Janet si fort, et c'est d'abord cette puissance entrevue qui l'effraye. Cette fois, c'est quelqu'un qui sait qui parle.

Celui-là sait, vraiment, et tout s'éclaire de ce qui était obscur; les choses s'expliquent qu'on ne comprenait pas. Mais, ce qui entre ainsi dans la lumière est terrible.

C'était si simple, à l'ancienne façon : l'homme, et, tout autour, mais sous lui, les bêtes, les plantes; ça marchait bien, comme ça. On tue un lièvre, on cueille un fruit; une pêche, c'est du jus sucré dans la bouche, un lièvre c'est un grand plat débordant de viande noire. Après, on s'essuie la bouche et on fume une pipe sur le seuil.

C'était simple, mais ça laissait beaucoup de choses dans la nuit.

Maintenant il va falloir vivre avec ce qui est désormais éclairé et c'est cruel !

C'est cruel parce que ce n'est plus seulement l'homme, et tout le reste en dessous, mais une grande force méchante et, bien en dessous l'homme mêlé aux bêtes et aux arbres.

Vivante et terrible, il sent, sous ses pieds, bouger la colline.

« Je vais te dire le secret.

Jaume aimerait mieux que Janet se taise, maintenant.

« Je vais te dire le secret; c'est tout sucré, comme un mort.

« Il y a trop de sang, autour de nous.

« Il y a dix trous, il y a cent trous, dans des chairs, dans du bois vivant, par où le sang et la sève coulent sur le monde comme une Durance.

« Il y a cent trous, il y a mille trous que nous avons faits, nous, avec nos mains.

« Et le maître n'a plus assez de salive et de parole pour guérir.

« A la fin du compte, ces bêtes, ces arbres, c'est à lui, c'est au patron. Sa veste en peau de mouton, c'est le mouton qui l'a donnée, sans s'écorcher, sans saigner, comme ça ; et les boutons en os de mouton, comme ça, sans saigner ; les os de bouton, le mouton...

« Toi et moi, nous sommes à lui, aussi ; seulement, depuis le temps, nous avons oublié le chemin qui monte jusqu'à ses genoux. Nous avons essayé de nous guérir, de nous consoler tout seul et, ce chemin, il faudrait pouvoir le retrouver. Le trouver sous les feuilles mortes ; il y a des feuilles sur le chemin, il faut les lever à la main, l'une puis l'une, tout doucement pour que la lune le brûle pas, le petit chemin qui saute comme un chevreau, sous la lune.

« Et quand nous serons près de lui, dans les ruisseaux de sa salive et dans le vent de sa parole, il nous dira :

« "Mon bel hommelet, aux beaux doigts qui prennent et serrent, viens ça, mon homme, fais voir si tu te souviens comment on fait pour caresser des mains, c'est ce que je t'ai appris en premier, quand tu étais sur mes genoux, un petit avec la bouche pleine de mon lait..." »

Soudain la grande vision se brouille :

— ... du lait... la bou... la bouche... Plaine, laine, lait, lait, lait...
puis un râle qui râpe l'air comme si on serrait les freins d'un char sur la pente.

Jaume, d'un bond est là, près du lit.

Janet s'est étiré, sa tête enfoncée dans l'oreiller. Un sombre liquide gargouille au fond de sa bouche ouverte. S'il allait mourir...

— Janet, Janet, eh là.

L'œil qui déjà regardait de l'autre côté du jour, revient, encore tremblant comme une pervenche que le vent bat ; il s'affermit, la langue tourne :

— ... du lait, la bouche pleine de lait, et pas encore du sang sur tes mains.

Silence.

On entend ronfler Marguerite.

— C'est fini, dit Janet, remets-toi d'aplomb.

Au village mort où il allait chercher de l'eau, Jaume a trouvé un peigne de femme : une de ces coquilles d'écaille qu'on enfonce dans le chignon. Il l'a trouvé sous le mûrier, à un endroit où l'herbe était aplatie comme si quelqu'un s'y couchait d'habitude. Certaines paroles de Janet lui sont revenues en mémoire, et l'allusion de Maurras, aussi. Il a mis le peigne dans sa poche.

En arrivant à la maison, avant même de dételer le mulet, il est allé tout droit à la chambre de sa fille ; il a quitté le peigne sur la commode, entre le globe de la pendule et la sébile d'osier pleine de boutons.

Il a regardé cette chambre comme s'il attendait qu'elle lui apprenne la vie secrète de sa fille : les jupons pendus au mur, un vieux corset sur une chaise, un lacet sur la descente de lit. Un tiroir de la commode est entrouvert ; le coin jaune d'une chemise rude dépasse. Sur le dos du lit un pantalon de femme est étalé ; une grande fente ovale bâille entre les cuisses de flanelle grise. Une livraison de « Vierge et flétrie » est sur la table de nuit.

Le peigne est en bonne place ; il se voit bien.

Et, ce matin, Ulalie s'est coiffée devant la glace, et, naturellement elle a planté le peigne dans ses cheveux. Mais, en allant au pré, elle s'est arrêtée dans le chemin creux ; là on ne vous voit de nulle part. Elle a pris le peigne, elle l'a regardé devant et derrière en le tournant entre ses doigts.

Elle est restée longtemps immobile en attendant que sa pensée retourne de l'endroit où elle venait de l'envoyer.

Ulalie rentre à la maison. Le regard de Jaume vole en oblique jusqu'au chignon. Le peigne y est.

— C'est vous, père, qui avez apporté ça ? dit-elle en tirant le peigne de ses cheveux.

— Ça quoi ?

— Ce peigne ?

— Ce peigne ? Non, comment veux-tu...

— Je ne sais pas ; il était sur ma commode. Il n'est pas à moi.

— Jette-le, s'il n'est pas à toi.

— Bien sûr, que je vais le jeter ; si des fois il était à quelqu'un de malade. Je me demande qui a pu le mettre sur ma commode. Je n'ai pas fait attention, ce matin, en me coiffant.

Et elle a jeté le peigne par la fenêtre.

Ce midi, ça a semblé fait exprès. Ils étaient tous sur la place, prêts à partir chacun de leur côté puisque aussi bien ils sont déliés les uns des autres, et, tout d'un coup, ça a fait comme une feuille que le vent traînerait par terre. Ils se sont tous retournés : c'était le chat.

Il traversait lentement la placette, sans se presser, comme chez lui.

Il allait vers la maison de Gondran. Par la fenêtre ouverte de la cuisine on voyait le lit de Janet, et, au milieu du lit, la bosse qui est le corps de Janet.

Le chat se ramasse en boule, saute sur la fenêtre, et entre.

Cette apparition du chat les a de nouveau agglomérés dans la peur.

Depuis la courte dispute de Jaume et de Maurras, ils ont vécu, tous les quatre, complètement détachés les uns des autres. Maurras allait à l'eau pour lui, les autres allaient à l'eau pour eux, séparément. Ils partaient seuls sur les sentiers de la montagne, et la benne ne rentrait que dans une maison. Et quand la benne était vide, on n'en demandait pas au voisin, on repartait seul sur les sentiers de la montagne.

Mais, cet égoïsme, en les isolant, leur a rendu le souci de la terre, les a séparés de la grande peur et ils ont été sur le point de renaître.

Arbaud est allé regarder les champs de blé délaissés : les épis trop lourds ont fait verser les tiges, le chardon a jailli à travers ce feutre jaune. Patiemment, à la faucille, il a fait une gerbe, heureux de vivre à l'air, loin des gémissements de Babette et du corps terrifiant de Marie. Gondran, loin de Janet, a cueilli, dans sa vigne, un panier de raisin. Là, aussi, ce n'est plus qu'une vaste république de guêpes, de mulots, d'oiseaux pillards. Jaume sur la forge rustique a redressé le soc de sa charrue ; et le moulin de son bras et la cadence des coups de marteau ont peu à peu endormi son soupçon. Maurras, loin de Jaume, a mangé des figues. « Demain, pensait-il, je lui dirai : faisons la paix, je suis vif, mais c'est passé, j'irai à l'eau pour tous. »

Ils ont été sur le point de renaître, je vous dis, il n'en aurait pas fallu beaucoup. Et puis le chat est venu. Il est sorti du buisson de mûre, il a marché dans le soleil, il a sauté sur la fenêtre de Janet, ça n'a pas duré plus de cinq minutes, en tout, de là à là, mais, tout de suite, la terre et l'air ont pris un mauvais visage.

Le chat reparaît. De la fenêtre, il saute sur le figuier ; le figuier le hausse jusqu'au toit. Il marche sur les tuiles. Il va vers la maison de Maurras. Et la peur a violemment rattaché Maurras aux autres. Il a touché le bras de Jaume.

— Si je le descendais ?

Et, en quelque temps, il faisait glisser de son épaule la bandoulière du fusil.

— Non, laisse-le, surtout pas ça.

Maurras a obéi.

Désormais, ils sont liés, tous ensemble, jusqu'à la fin. Les grains de blé tomberont, l'un après l'autre, à travers le feutre des tiges, jusqu'à la terre et aux fourmis ; les pies mangeront les raisins et les figues, le coutre rouillera à la pluie d'automne.

Ils ne sont plus qu'un grand corps qui a peur.

Le chat est revenu deux ou trois fois. Il sort toujours du buisson de mûres ; il marche sur le haut de ses ongles, les pattes raides, la tête haute ; il passe sans voir les hommes.

Ou bien il arrive en ondulant, et sa moustache palpe l'air, et ses oreilles pointues cherchent le bruit dans le silence.

Ou bien, encore, quand on est verrouillé chez soi, on le voit tout d'un coup apparaître sur le socle d'une fenêtre.

C'est arrivé à la Madelon Maurras. Elle était allée prendre des pommes de terre au grenier. Elle les choisissait au tas, elle les mettait dans son tablier; elle n'allait pas vite. Quand on est vieille...

Vous savez ce que c'est, un grenier? C'est plein de choses qui sont comme mortes : d'anciennes armoires toutes cassées, de mauvais souliers, des corsages qui ont fait leur temps; enfin, des choses qu'on a mis là pour les laisser mourir toutes seules. Quand on les revoit, elles ont l'air de vous le reprocher; c'est toujours un peu triste.

En plus, cette fois-là, le temps était sombre. Elle a entendu craquer le crépi du mur; elle a relevé la tête : le chat était installé sur le rebord de la lucarne. Il léchait sa patte et se lavait l'oreille.

La Madelon a laissé tomber ses patates, et, tant que ses vieilles jambes ont pu, elle est descendue, vite vite à la cuisine. Elle a bu un grand coup d'eau, pour se calmer.

Il n'y a que Gagou qui n'a pas l'air effrayé : quand le chat passe, il rit en découvrant ses longues dents de cheval, il tend vers la bête son nez plissé, ses lèvres pendantes; il lui dit, doucement : « Ga gou, ga gou », doucement, tendrement, avec tant d'application et de tendresse que la bave soyeuse ondule sous son menton.

Cependant, lui aussi est tracassé par quelque chose. Quoi?

Sitôt la nuit, il vient rôder entre les maisons barricadées. Pour la première fois il abandonne son cri ordinaire, et c'est un petit gémissement qui sort de sa bouche fermée. Cela ressemble à une plainte de chien perdu qui appelle.

Il regarde les fenêtres des chambres où on se couche, et où passent les ombres des femmes, cheveux dénoués et en chemise.

Les lampes s'éteignent.

Gagou, immobile, attend, dans la nuit.

Ce soir, juste au moment où, la nuit tombée, on n'était pas encore bien habitué aux ténèbres, la petite Marie a eu des convulsions.

Ça s'est fait tout d'un coup : sa mère l'a entendue grincer des dents ; elle l'a touchée, elle l'a sentie froide et parcourue par de grandes ondes qui faisaient crier ses os.

Babette hurle. Arbaud tâtonne dans l'ombre cherchant la lampe. Enfin il l'a. Mais le verre roule sur le tapis de la table ; il l'arrête juste au bord. Il cherche ses allumettes ; pas d'allumettes. Si, enfin, elles sont là. Il les frotte si fort qu'elles ne prennent pas, mais rayent seulement la nuit d'un trait bleu.

On entend craquer les os de Marie. Babette geint :

— Sa tête, Aphrodis, oh sa tête.

Enfin, la lampe.

La petite est dans les bras de sa maman. Depuis tout à l'heure, entrevue à la dernière lueur du jour mourant, là maintenant, sous la lampe, elles sont toutes deux méconnaissables. Babette, c'est deux yeux ronds, fous, et une bouche noire comme un trou de source et d'où, sans arrêt, coule la plainte. Marie... Est-ce Marie qu'elle a dans ses bras ? Ou bien une grande racine de bruyère, pleine de nodosités, et qui se tord lentement comme dans un brasier ? Deux petites mains raides griffent l'ombre.

On n'entend que le halètement puissant d'Arbaud et le chant modulé de la lampe qui file, car, Babette, à pleine bouche, baise férocement la racine de bruyère.

On l'a couchée sur le grand lit de ses parents.

— Défais-lui les jambes. Doucement.

— Frotte-lui du vinaigre.

— Où est-il, ce vinaigre ?

— Là, sur la cheminée.

— Il n'y est pas.

— Si.

— Non.

— Si.

— Ah, je l'ai.

Ils s'affairent autour du lit, se heurtent, se séparent, se cramponnent, tendent les mains vers Marie, et gémissent.

On la déshabille. Le papa essaye de déboutonner la petite chemise ; le mignon bouton de nacre glisse sous ses doigts, se refuse, revient, danse, joue ; et, d'un grand coup, Arbaud fend la chemise du haut en bas.

Le pauvre petit corps apparaît. Et c'est comme un orage qui crève dans Babette :

Sa Marie !

Rose comme une rose, et charnue, c'est devenu ça ?

C'est devenu cette chose inerte, qu'on tripote jetée sur la courtepointe du grand lit ?

La lampe chante.

Ils frottent la pauvre chair jaune, avec le vinaigre qui sent la lavande et l'hysope. Le corps s'assouplit. La tête balle sur le cou plus mou. La bouche s'ouvre, on voit les dents qui se desserrent. Un soupir. Les jambes, les bras se détendent. Un après l'autre, les doigts menus s'allongent, s'écartent, se plient dans la position habituelle de la main au repos. Maintenant, c'est encore leur Marie, leur chair, leurs deux visages mélangés, leur fille revenue.

— Couche-la dans son lit, dit Arbaud, mets une pierre chaude à ses pieds, c'est passé.

Il redresse son grand corps. Il fait deux pas ; sa large main s'avance de la lampe. Il règle la mèche. La lampe se tait.

« Et si ce n'était pas vrai », pense tout à coup Jaume. Il a essayé de s'habituer à l'idée du monde selon Janet, et, plus il réfléchit, plus il doute.

« Si c'était un mensonge, pour me tromper, pour mieux m'avoir. »

Il écoute, autour de lui, la vie lente des arbres, mais elle lui paraît plus hostile qu'amie.

Il y a de l'herbe sur la placette. Des touffes d'herbe jaune ; comme sur la colline. Cette placette, elle est en train de redevenir un morceau de la colline sauvage, telle qu'elle était avant. Le chemin des plaines est presque bouché par une grande clématite qui s'est écroulée. En temps ordinaire, on aurait eu vite fait de déblayer le chemin. Le monde des arbres et des herbes attaque sournoisement les Bastides.

— Caresse ! Il a dit : « Caresse. » Comme c'est facile.

Et si tu ne mets pas la bêche, et si tu ne mets pas la hache, si tu ne fais pas place nette autour de toi, si tu laisses, une fois, tomber l'acier de tes mains, la foule verte submerge tes pieds et tes murs. C'est une faiseuse de poussière. Jaume lève la tête. Devant lui, sur l'autre bord de la placette, une ombre se coule sous l'abri du chêne : un sanglier ! Un sanglier en plein jour aux Bastides !

La bête se rase à peine sous les feuilles. Elle va à la fontaine ; elle renifle le bassin vide ; son sabot fouille la terre.

Le fusil de Jaume est là, contre le mur ; il suffirait d'étendre la main. Jaume n'étend pas la main. C'est quelque chose de nouveau et d'inquiétant.

Le sanglier a vu l'homme. Tranquillement il choisit son lit et il se vautre dans la poussière. Le fusil reste contre le mur. Jaume, le front penché, les mains jointes entre les genoux, regarde devant lui comme s'il ne voyait pas. Il n'a même pas une pensée pour le fusil. Il a peur. Sa peur est dans lui comme une écharde, et tout son corps est douloureux, autour. Il a peur ; c'est pour cela qu'il n'a pas étendu ses mains vers le fusil. Il ne pense plus à sa puissance d'homme, il pense qu'il a peur, et il se recroqueville dans sa peur comme une noix dans sa coque.

La sauvagine grogne en se frottant le dos. Elle se dresse, hume en rond, gambade lourdement puis de son petit trot paisible, regagne le bois.

C'est une belle après-midi. Le galet de la lune roule sur le sable du ciel. Cependant, du côté de Pierrevert, une insolite brume rousse monte.

Jaume se lève. Là-bas, chez Gondran, la fenêtre est ouverte. Cette bosse blanche, sous les draps, c'est Janet.

— Ah, Janet, je la connais maintenant ta méchantise. Elle est toute droite devant moi comme une montagne. T'es de l'autre côté de la barricade, avec la terre, les arbres, les bêtes, contre nous. T'es un salaud. Ma femme s'est pendue dans la grange, une nuit que j'étais à l'espère du lièvre. C'est toi qui as fait cela. Pas avec tes mains, sûr, avec ta langue, ta pute de langue. T'as dans la bouche tout le jus sucré du mal...

Jaume s'approche. Devant la fenêtre un figuier se sépare en deux branches tortes ; il monte sur cette fourche. De là, il voit la chambre.

Janet est raide. Son regard file dans l'ombre jusqu'au mur où est pendu le calendrier des postes. Il marmonne à voix basse. Il est seul ?

Non.

Près de lui, sur le lit, le chat.

On court sur les pierres de la colline. Qui ? Maurras. Les coudes au corps, la tête baissée, lancé par quoi ? Il souffle tant qu'on l'entend d'ici.

Sitôt sur la placette, il se rue sur Jaume en criant. Mais, avant de pouvoir parler, il est là qui gesticule, tout rouge, ruisselant de sueur. Dès qu'il ouvre la bouche il se dépêche d'avaler une grande gueulée d'air qui refoule ses mots au fond de lui.

Enfin :

— Le feu, le feu...

Il tend le bras vers la colline.

Cette brume de tout à l'heure, c'est maintenant tout

le ciel. Au travers, on peut regarder le soleil ; il est rond et roux comme un abricot.

La moustache de Jaume tremble. Il mouille son doigt, le dresse en l'air :

— Le vent vient de là, vite...

Ils courent sur les maisons, frappent les portes du pied, de la main, de l'épaule, en criant.

— Holà, holà, j'y suis, gueule Arbaud qui déboule des escaliers en roulant sa taillole.

Gondran, Marguerite, Madelon, le petit, Ulalie, tous jaillissent des seuils dans un bruit de jupes et de pantalons de velours. Leur tête est trouée par la couleur élargie des yeux et le gouffre de la bouche. Babette ouvre la fenêtre de la chambre :

— Qu'est-ce qu'il y a, qu'est-ce qu'il y a, encore ?

— Le feu, le feu...

Maurras trépigne sur place, entre sa mère et Gondran :

— ... Ça a mangé les bois Hospitaliers ; au-delà, vers les Dix Collines, c'est tout fini, rasibus, plus rien. Quand je suis arrivé sur les hauts d'Espel et que j'ai vu ça... Ah bon dieu de bon dieu.

— Et la Garidelle ?

— Ça y descend.

— Et Gaude ?

— Ça brûle tout.

— Fan dé pute.

Jaume est un peu seul. Il est un peu à l'écart, seul. Il se sent devenir grand et solide comme un arbre. Son cœur est d'un seul coup dépouillé de sa terreur. Il l'écoute, au fond de lui, net et nu, qui bat avec sa cargaison de beau sang.

— Bon, cette fois on sait d'où ça vient ; on voit ce que c'est, on sait ce qu'il faut faire, et ç'aurait pu être pire. Nous sommes là, je suis là, moi, ça va, ça va, du moment qu'on sait ce que c'est...

L'air est comme un sirop d'aromates, tout épaissi d'odeur et chaud, au fond.

D'un pas, Jaume est sur eux. Sa main droite sur l'épaule de Maurras, sa main gauche sur l'épaule de Gondran, il est entre eux comme un arbre aux bons rameaux :

« On y va tous, les enfants.

« Arbaud, fais porter ta petite chez Gondran ; on la mettra dans la chambre de derrière ; Ulalie, va aider Babette. Mère Madelon, chez Gondran aussi. Toutes chez Gondran. Allez. Ne vous séparez pas, qu'on sache où vous êtes si on a besoin de vous. Et puis, toutes ensemble, vous n'aurez pas peur.

« Nous :

« Arbaud, ta hache et ta bêche.

« Maurras, ta bêche, prends ton trident aussi.

« Gondran, ta hache, des cordes et ton fléau.

« Petit, tu viens avec nous ; cours à la maison, prends mes deux haches : la grosse et la petite ; elles sont sous l'établi. »

Les femmes passent en courant.

— Babette, eh, Babette, attention à la couverture de la petite.

— Ma mère, portez de quoi vous couvrir.

— Petite, ne reste pas là, au milieu, cours vite.

Des fenêtres s'ouvrent :

— Père, vous avez pris la clef de l'armoire ?

— Allez, allez, vite, dit Jaume.
— Père, la clef de l'armoire, père, la clef ?
— Quoi ?
— La clef de l'armoire ?
— Derrière le globe de la pendule.
Des portes battent :
— Les haches, petit ?
— Pas trouvées.
— Sous l'établi, je te dis, capoun de bon dieu...
— Arbaud, tu as tout ?
— J'ai pris ma serpe aussi.
— J'ai deux pioches, dit Maurras.
Gondran sort des Monges.
— On a couché Marie.
— Elle n'a pas pleuré ?
— Et ma mère ?
— Non de pas dieu, fait Jaume. Vous êtes prêts, oui ou non ?

Un vol d'oiseaux épais comme un fleuve passe en criant.

Jaume monte sur le figuier. Dans la chambre Janet est raide, tranquille, dans la même position que tout à l'heure. Près de lui le chat se peigne à petits coups de griffe.

— Janet, ça brûle aux Hospitaliers, tu m'entends ? Le vent vient de là. Tu n'as rien à me dire ?

Un silence où ronfle un flot de vent alourdi d'essences violentes. Puis on entend Janet qui crie de toutes ses forces :

— Couillon.

Ça a pris au tonnerre de dieu, là-bas, entre deux villages qui brûlaient des fanes de pommes de terre.

La bête souple du feu a bondi d'entre les bruyères comme sonnaient les coups de trois heures du matin. Elle était à ce moment-là dans les pinèdes à faire le diable à quatre. Sur l'instant, on a cru pouvoir la maîtriser sans trop de dégâts ; mais elle a rué si dru, tout le jour et une partie de la nuit suivante, qu'elle a rompu les bras et fatigué les cervelles de tous les gars. Comme l'aube pointait, ils l'ont vue, plus robuste et plus joyeuse que jamais qui tordait parmi les collines son large corps pareil à un torrent. C'était trop tard.

Depuis elle a poussé sa tête rouge à travers les bois et les landes, son ventre de flammes suit ; sa queue, derrière elle, bat les braises et les cendres. Elle rampe, elle saute, elle avance. Un coup de griffe à droite, un à gauche ; ici elle éventre une chênaie ; là elle dévore d'un seul claquement de gueule vingt chênes blancs et trois pompons de pins ; le dard de sa langue tâte le vent pour prendre la direction. On dirait qu'elle sait où elle va.

Et c'est son mufle dégouttant de sang que Maurras a aperçu dans la combe.

Babette avait peur dans la chambre de derrière ; alors, on a installé un matelas par terre dans la cuisine pour Marie et des sacs à côté pour sa mère et sa petite sœur. Entre la porte du fond et le buffet on a entassé des bourras sur lesquels Madelon couchera.

— Ne t'inquiète pas pour moi, a dit Ulalie, je trouverai bien un coin.

— Ah, que de monde, s'exclame Marguerite, c'est brave d'être toutes ensemble.

Les murs de la chambre se la renvoient comme une molle balle : elle va de l'armoire à linge au buffet. Elle voudrait donner des draps, donner du café, tout à la fois, et elle va, les mains vides, sans savoir par quoi commencer, et elle rit d'un grand rire immobile d'image.

— Servez-vous, servez-vous, je ne sais plus où donner de la tête. Babette, prends les tasses ; Ulalie, donne les draps, prends la couverture fleurie, là-dessous...

On a allumé la lampe à pétrole. Le lit de Janet hausse le corps du vieux jusqu'à la lisière d'ombre de l'abat-jour.

Deux fois, déjà, Marguerite a dit :

— Ulalie, couche-toi, viens là, derrière le poêle, tu seras bien, tu as de la place.

— Laissez, j'ai le temps, je ne pourrais pas dormir en les sentant là-bas.

Les autres, après les arrangements, se sont couchées par terre, sur des paillasses. Maintenant elles sont tranquilles et étendues : Babette entre ses deux filles, Madelon dans son coin entre le buffet et la porte, tout habillée, dans sa jupe à trois tours, et ses fichus ; Marguerite sur la descente de lit. Elle a enlevé son corsage ; elle a gardé son jupon et ses bas ; elle est couchée à plat sur le dos, ses gros seins, couverts de taches de rousseur, pendent, un d'un côté, un de l'autre, pointant de leurs gros bouts rouges.

Déjà les respirations chantent, profondes et longues,

intercalées des brèves qui tressautent à travers la fièvre sur les lèvres sèches de la petite Marie, de celles à deux tons qui jouent dans les narines de Marguerite, et du bruit de fumeur de pipe de la vieille Madelon. De loin en loin, dans ce concert, monte un gargouillis rauque, qui s'enfle, diminue, se tait : Janet respire difficilement.

On a baissé la mèche de la lampe. La lumière est une boule jaune collée aux cercles de fer de la suspension, une petite lumière isolée, en boule, au milieu de la chambre et qui n'atteint même pas les coins. Elle effleure à peine le joli nez, pointu et blanc de Babette, un sein de Marguerite, et le bout du jupon de Madelon.

Tout à coup, dans l'ombre, le mur s'éclaire, la forme noire d'une casserole danse : la fenêtre, en face, s'est illuminée d'une grande fleur éclatante et rousse.

Ulalie s'approche de la fenêtre :

— Voilà que ça prend aux Ubacs, se murmure-t-elle.

Dehors, le corps sombre des maisons désertes, puis la colline qui touche le ventre de la nuit. Les contours sont ourlés des flammes rousses qui, là-bas, dévorent les bois des Ubacs, sur la bosse voisine.

La colline, chargée de plantes et de bêtes, monte noire, lourde, pesante d'immobilité et de force.

— Si elle se met en colère comme les autres, celle-là.

La lampe baisse. La boule de lumière se rétrécit. Le nez de Babette, ce n'est plus qu'un petit triangle pâle, sans nom ; seul, le sein de Marguerite est encore un sein qui se soulève et s'abaisse sur deux tons reniflés.

Devant la fenêtre, le reflet de l'incendie creuse dans le bois noir de la chambre les traits violents d'Ulalie.

La lampe vient de s'éteindre. Tout doucement. Le sein, le nez se sont effacés. Sur le mur où les casseroles sont accrochées, une grande tache rousse tremble, avec, au centre, un petit dessin, comme un œuf, qui s'allonge, s'aplatit, et qui est, agrandi, l'image d'un défaut de la vitre à travers laquelle coule le reflet des Ubacs qui brûlent.

Dans l'âtre, un tison geint un moment, puis s'éteint.

Un coq chante. Le chêne s'ébroue dans le vent. Ce doit être l'aube.

Un fil d'aube terne et gris. La pendule marque sept heures. Elle est sûrement arrêtée.

Marguerite s'éveille la première ; elle s'assoit sur la descente de lit où elle a dormi, se gratte le ventre longtemps et dur, avec les ongles : ça fait comme sur un tambour. Elle fait passer ses seins sous les bretelles de sa chemise et, à pleine main, elle les place dans l'évasement de son corset.

La porte s'ouvre : Ulalie passe la tête dans l'entrebâil ; elle a l'air gênée de voir Marguerite éveillée.

— Tu es déjà levée ?

— J'ai pas pu dormir. Dites, les Ubacs brûlent bien.

— Les Ubacs ?

Marguerite répète : les Ubacs ? Elle dort encore tout

debout ; elle ne se rend pas compte de ce que ça peut faire que les Ubacs brûlent.

— Quelle heure est-il ?

— Presque sept heures et demie.

— Sept heures et demie ? On n'y voit pas !

— Les Ubacs brûlent, c'est pour ça qu'on n'y voit pas ; il y a une fumée qu'on ne voit plus la Sainte-Roustagne.

— Ah bien, cette fois, dit Marguerite épouvantée.

Puis, comme revenue à elle :

— Je vais faire le café.

Au bruit de la débéloire, Babette s'éveille, d'un bloc, avec un cri et un geste de défense.

— Ah, qu'est-ce que c'est ? J'ai eu peur. Comme ça sent le roussi.

— C'est les Ubacs qui brûlent, dit négligemment Marguerite tout en passant le café.

D'un grand coup, la porte s'ouvre et bat contre le mur. Toutes les femmes se retournent : Jaume est sur le seuil.

Silence. On entend une tasse qui roule de la table, tombe et se casse.

— Oh, Jaume, fait Babette.

Ulalie s'avance et touche son père.

— Quoi, qu'est-ce que j'ai ?

La longue moustache de Jaume est toute brûlée d'un côté ; au milieu de la suie et de la sueur, ses yeux luisent. Il n'a plus sa veste ; une manche de sa chemise est partie et l'on voit son long bras sec où les nerfs épais comme le doigt serpentent entre des touffes de poils blancs.

— Et Aphrodis ?

— Et Gondran ?

— Ça va, ça va. Je les ai laissés sur le versant du ruisseau Neuf. Là c'est éteint. Je suis venu chercher du café, de la blanche, du pain, de tout. Si tu as encore du restant d'omelette, plie-le-moi dans un morceau de papier ; donne un peu de jambon, aussi. Maintenant ça a pris aux Ubacs. C'est mauvais ; en plein sous le vent. Je m'en suis aperçu en venant. Au milieu de cette fumée, je ne savais plus où j'étais. Dépêchons-nous, je remonte.

« Non, pas de bouteilles : où veux-tu que je les mette ? Je ne peux pas porter ça à la main tout le long. Remplis-moi la cruche, mets-y le couvercle de la casserole, c'est juste de mesure. Ne sortez pas ; dans ces collines on ne sait pas où l'on va, ça prend de partout. Restez là, toutes ensemble ; ou Gondran ou moi on reviendra ce soir.

Il se penche sur Marguerite, et, doucement, il demande :

— Le père ? Il n'a rien dit ?

La bonne lune rouge du gros visage se lève : de bons yeux ronds bleus, bleus comme des trous dans les feuillages et il n'y a rien derrière.

— Non, pourquoi ?

Comme il est prêt à partir, tout harnaché de courroies, de musettes, sa cruche et son panier à la main, il se ravise :

— Ulalie, tu as tes ciseaux ? Coupe-moi ça, dit-il, en montrant le côté intact de ses moustaches, ça me gêne.

Près de l'abreuvoir il rencontre Gagou.

— Oh, galavard, amène-toi.

L'autre vient d'une marche oblique, comme un chien qui s'approche du fouet.

— Eh, n'aie pas peur, tron de pas dieu, tiens, porte ça.

Il lui tend la cruche et, en route.

Ainsi, en haletant joyeusement sur les grands pas de Jaume, Gagou est entré dans la colère des terres hautes.

Ils suivent le vallon à flanc de coteau. Tout autour d'eux la fumée roule et craque. On voit l'endroit où l'on marche, et cinquante mètres à la ronde et deux mètres au-dessus de la tête ; c'est tout. Au-delà, la fumée.

A mesure qu'on marche un buisson surgit hors du voile, s'avance, passe, disparaît. Parfois un oiseau affolé tombe, rase le sol, recourbe sa force, plonge encore dans la masse sombre qui coule comme un fleuve à la place du ciel.

Jaume surveille l'idiot.

— Eh, Gagou, ne descends pas ; mauvais là-dedans, suis-moi, ici.

Il montre la place juste derrière lui et Gagou, docile, vient sur ses talons.

Un grand couteau de flamme coupe soudain la fumée, à gauche. Un pin se débat, craque, se tord, s'écroule dans une pétarade d'étincelles. Une flammèche fuse dans l'herbe sèche.

— Gagou, mon fi, mets-en un coup, pute de mort, montons.

Ils abordent la colline en oblique. Trois pas en hauteur et ils sont dans la fumée. En plein. Jaume lance sa main en arrière, saisit au vol le bras de Gagou et le tire.

— Hop, mon gars.

Ça sent bougrement le brûlé ; on entend craquer et éclater des pignes. Ça brûlerait par là devant alors ?

Coup sur coup deux gros lièvres durs comme des rocs dévalent dans les jambes de Jaume ; puis on les entend crier en bas quand ils arrivent sur le bord tranchant de la flamme.

Maurras est seul sur la colline. Seul à côté d'un grand pin robuste et luisant. L'arbre ébouriffe son épais plumage vert et chante. Le tronc s'est plié dans le lit habituel du vent, puis, d'un effort, il a dressé ses bras rouges, il a lancé dans le ciel son beau feuillage et il est resté là. Il chante tout mystérieusement à voix basse.

Maurras a regardé le pin, puis la fumée qui sourd des buissons, en bas. Ça s'est fait sans réflexion, d'instinct ; il s'est dit :

— Pas celui-là. Celui-là, elle ne l'aura pas.

Et il a commencé à tailler autour.

D'un seul coup, en bas, la terre s'est enragée. Les buissons se sont défendus un moment en jurant, puis la flamme s'est dressée sur eux, et elle les a écrasés sous ses pieds bleus. Elle a dansé en criant de joie ; mais, en dansant, la rusée, elle est allée à petits pas jusqu'aux genévriers, là-bas, qui ne se sont pas seulement défendus. En moins de rien ils ont été couchés, et ils criaient encore qu'elle, en terrain plat et libre, bondissait à travers l'herbe.

Et ce n'est plus la danseuse. Elle est nue, ses muscles roux se tordent ; sa grande haleine creuse un trou brûlant dans le ciel. Sous ses pieds on entend craquer les os de la garrigue.

Maurras frappe de droite et de gauche, et devant et derrière, puis il saute et il revient.

Soudain, ils sont face à face, Maurras et la flamme.

Ils sont là, à danser l'un en face de l'autre, ils se bousculent, reculent, se ruent, se déchirent, jurent...

— Saloperie de capon de pas dieu...

Et du coin de l'œil, Maurras regarde le beau pin.

Mais, c'est de ruse qu'elle lutte.

Fléchissant les jarrets, la flamme saute comme si elle voulait quitter la terre pour toujours ; à travers son corps aminci on peut voir toute la colline brûlée, et, déjà, elle est dans le pin qu'elle étripe.

— Chameau, gueule Maurras, et il saute en arrière dans la fumée.

Le sol descend sous ses pieds ; il dévale à toutes jambes. Une plaque brûlante couvre d'un coup son échine : le mufle de l'incendie souffle après lui ; la flamme dépasse la crête. A sa gauche la fumée est dense et immobile comme une pierre ronde. Une ombre bondit qui tousse et crache. Deux jurons.

— Jaume, c'est toi ?

— Hé, ça brûle donc, là-haut ?

— Tout. Dépêchons. Y a plus que le trou de Bournes de clair.

Ça veut dire qu'il va falloir courir au moins cinq cents mètres dans les détours anguleux du vallon étroit.

C'est pas le moment de rire.

Jaume jette le panier, assure la bouteille de « blanche » dans sa poche, et en avant.

Mais Gagou ?

Au milieu de son élan Jaume s'arrête :

— Gagou, Gagou...

Le pin, là-haut, s'abat dans un émerveillement d'étincelles.

— Gagou...

Un entassement de fumée s'écroule et descend.

Tant pis.

Et puis il a dû se faufiler, aussi. Jaume prend son trot puissant de chasseur.

En sortant du pays de la fumée, sur le tapis clair de la garrigue, il y a trois hommes qui courent.

Un, c'est sûrement Maurras : il n'y a qu'à lui voir lancer les pieds de côté.

Les deux autres ? Jaume espère que Gagou est un de ces deux-là. Non, c'est Arbaud et Gondran. Rejoints, il faut les entendre parler pour les reconnaître. Ils n'ont plus de cils, roussis, essoufflés, leur linge fume et sent le brûlé. Le bas du pantalon d'Arbaud est frangé d'une bordure brasillante qui ronge l'étoffe fil à fil.

— Rien à faire ?

— Non. On a renvoyé le petit ; on risque trop.

Ils montent, tous les quatre, sur la dernière défense des Bastides : le contrefort de Bournes, encore intact, mais que la flamme attaque déjà par le pied.

De la cime, l'étendue des bois brûlés se révèle, immense : un tapis noir, tout scintillant de braises et qui s'élargit jusqu'aux abords d'un village qu'on n'avait jamais vu, de là, quand les arbres étaient hauts, et qui luit, maintenant, comme un os décharné.

Ça, c'est un côté de ce qu'on voit.

De l'autre côté, c'est encore douillet, tout fourré d'herbes et d'olivaies ; une combe comme l'empreinte d'un sein dans l'herbe ; au milieu, les Bastides, et, près des maisons, une petite tache blanche qui bouge : peut-être Babette, Ulalie, Madelon, Marguerite ? Ou, plus simplement, la plus jeune fille d'Arbaud qui joue sur la placette.

Le feu monte.

Ils sont là, les quatre, à regarder.

Déjà, en dessous, les bois crépitent. Une lame de vent glisse entre les murs de Lure, déchire la fumée. La flamme bondit comme une eau en colère. Le ciel charrie une lourde pluie d'aiguilles de pin embrasées. Le vol claquant des pignes traverse la fumée d'un trait de sang. Un grand nuage d'oiseaux monte droit, vers l'aigre hauteur de l'air, se saoule de vent pur, retombe, remonte, tourbillonne, crie. Le souffle terrible du brasier emporte des ailes entières, arrachées, encore saignantes, qui tournent comme des feuilles mortes. Un torrent de fumée jaillit, écrase le ciel, oscille un moment dans le vent, puis, gonflant ses muscles boueux, résiste, s'étale, et dans sa chair grésille l'agonie des oiseaux.

Jaume tremble de la tête aux pieds.

Comme pour se débarrasser d'un mauvais songe, le regard de Maurras quitte la combe, va à Jaume, palpe ce visage, cherche dans les rides, dans les plis, sous l'œil, près de la bouche, l'espoir.

— Et ta moustache ?

— Pfuu... fait Jaume, avec un geste qui signifie : « C'est la même force qui nous tue, et la terre. Ma moustache ? Elle est là... la flamme... »

En bas, la fillette joue sur la placette des Bastides.

— Allons...

Quand Gagou a lâché la veste de Jaume, il a couru en désarroi dans la fumée. Il bramait, il avait peur ; et, tout d'un coup, émerveillé, il s'est immobilisé tout tremblant de joie. Un long fil de bave suinte de ses lèvres.

L'épais rideau s'est déchiré. Devant lui dix genévriers brûlent ensemble. C'est vite fini, la flamme saute, mais, c'est, maintenant, comme dix candélabres d'or qui scintillent. Toutes les branches sont des braises, les branchillons aussi, les minces réseaux de bois, aussi. C'est resté tout droit, encore, comme des arbres vivants, mais, à la place du bois noir et inerte, ce sont des vers de feu qui ondulent et se tordent, se lovent, se déroulent avec un craquement léger et net. C'est joli.

— Ga, gou...

Il s'approche, tend la main, et, malgré l'étau de feu qui broie ses pieds, il entre dans le pays des mille candélabres d'or.

Les femmes ne s'attendaient pas à ça. C'était loin, cet incendie, et, tout à coup, voilà les hommes qui déboulent et :

— Vite, des draps mouillés aux fenêtres, et toutes dedans.

Puis ils se sont mis à taper comme des sourds pour creuser la terre en avant des maisons ; Arbaud fauchait l'herbe sèche, le feutre des blés abandonnés, à grands coups de faux rageurs sans équilibre, comme ivre ou fou.

Babette pleure, Marguerite renifle ses larmes ; seule, Ulalie a passé sur la consigne : elle est sortie, et, maintenant, à côté des hommes, elle taille dans l'herbe et le bois avec sa serpette pour faire place nette devant les Bastides.

Jaume a cent bras. L'air gris et visqueux déforme sans doute les images, car, il apparaît énorme, et agile, comme un lézard d'avant le monde. Il est partout à la fois : il tape de la pioche, il court, il gueule des mots qu'on ne comprend pas mais qui sont bons à entendre, quand même.

— Quel type, pense Maurras.

Oui, mais s'il lutte avec tant de colère, c'est que, le pauvre, il a senti, au fond de lui, bouger la peur ; au milieu de ses gestes, il oublie.

Tant qu'il était loin des Bastides, il luttait contre l'incendie. Un incendie, c'est naturel.

Tout à l'heure, en arrivant, ce qu'il a vu avant toute chose, c'est la fenêtre de Janet, le lit de Janet, dans le lit, cette bosse blanche qui est le corps de Janet.

Alors, il a compris que le centre de l'affaire, le nœud, le moyeu de l'implacable roue, c'est ce petit tas d'os et de peau : Janet. Tout de suite, autour de lui, il a vu la vie de la terre gicler, en sauts de lièvres, jets de lapins, vols d'oiseaux. Sous ses pieds la terre sue des bêtes : le déclic des sauterelles claque, les hordes de guêpes grondent. Là, au bout de ce vieux cep, une mante verte, toute déployée, darde vers la flamme son grand rostre en dent de scie. Un bousier affolé ahanne contre une souche ; des ruisseaux de vers ondulent sous l'herbe. La bête qui sait, fuit.

« Bientôt nous serons seuls.

« Contre nous, c'est toute la colline qui s'est dressée, le corps immense de la colline ; cette colline ondulée comme un joug et qui va nous écraser la tête.

« Je la vois ; je la vois, maintenant. Je sais pourquoi depuis ce matin j'ai peur.

« Janet, ah salaud, tu as réussi. »

Un sursaut de colère le redresse.

— Et nous, alors, nous ne comptons pas ?

Il empoigne son fléau à blé. Sur le manche de bois son poing se referme ; dans son bras la force court en petites ondulations nettes et pointues. Tout un fourmillement de bulles s'épanouit dans sa chair.

Il marche sur la flamme ; sous ses pieds l'herbe brûle.

— Ah, je te trouve enfin, rosse.

Il bat la colline avec le grand fléau. Autour de lui la flamme recule ; une tache noire fume dans le rayon où la trique de buis s'abat.

— Capounasse...

Les coups sonnent ; il semble que la colline insultée, flagellée, va être enfin vaincue...

— Jaume, Jaume...

Maurras court après lui, le prend aux épaules, le secoue comme pour le faire revenir à lui :

— Tu es fou, tu ne vois donc pas ?

Il est temps : la flamme sournoise a tourné le lutteur ; encore un peu et elle fermait sur lui sa grande gueule aux dents d'or.

D'un saut il se dégage :

— Allume le contre-feu.

Ah le départ de la flamme amie. Elle part de nos pieds, penchée sur le sol comme la guerrière qui prend son élan ; vois : elle étreint l'ennemie, elle la couche, elle l'étouffe...

Ah, malheur, ensemble, maintenant, elles hurlent et reviennent sur nous.

Un grondement terrible ébranle le ciel. Le monstre terre se lève : il fait siffler au sein du ciel ses larges membres de granit.

Maurras jette sa pioche ; il passe en courant.

La faux d'Arbaud sonne, lancée à toute volée sur les pierres.

Une porte bat ; des vitres dégringolent.

Au fond du vacarme, des cris de femmes.

— Père, père...

Le feuillage du grand chêne crépite.
Le monde entier s'écroule, donc ?
Jaume, les jambes rompues, la tête molle, s'abat :
— Salope, dit-il en tombant, et il bat férocement la colline de ses poings.

De bonne foi il s'est cru mort ; il a entrevu les rochers de soufre et les cyprès.

Il était étendu sur le dos, sans haleine, l'air fuyant ses lèvres passait devant sa bouche comme un mur. Tous les sacs de chair où se fait la vie dansaient sur les flots éperdus de son sang. De grands remous portaient des algues étalées : sa femme, pendue devant la lucarne de la grange, avec un triangle d'aube planté dans la chair vineuse du visage ; et le mouvement des lèvres de sa fille, petite, petite, quand elle a dit papa pour la première fois. Puis une masse de fumée s'est abattue sur lui et il a pensé : « C'est la fin. »

Après, d'un coup, le silence et le jour. Et il s'est retrouvé vivant.

Il n'en était pas bien sûr ; le premier moment, il lui a semblé que la mort ne l'avait guère changé mais, tout de suite après, il a compris qu'il n'était pas mort.

Il s'est remis sur ses pieds, et il a revu les Bastides : intactes. Le chêne est un peu roussi ; il y a aussi la toiture d'une grangette qui fume mais ça s'éteint tout seul.

Ce qui est arrivé, il le comprend d'un coup d'œil : un remous du contre-feu, poussé par le poids des grandes flammes a sauté par-dessus la terre nue et s'est rué sur les fermes mais, le grand fleuve du feu, dévié quand même, coule maintenant vers la gauche.

On est sauvé.

Ulalie court à travers la placette où dort encore un marais de fumée. Elle en émerge à mi-corps.

— Pas de mal, père ?

— Non, fille.

Maurras, avec un rire de toutes ses dents, crie :

— Ça descend du côté de Pierrevert ; on risque plus rien.

— Et puis là, tant pis, dit Arbaud, y a que des pierres, ça fera ce que ça voudra ; nous, on est quitte.

Marguerite sort des Monges. Elle a un caraco rouge à pois blancs, décoloré par la sueur, sous les bras. Avec ses pieds plats et ses grosses pantoufles fourrées, elle marche comme si elle tirait ses jambes d'un demi-mètre de boue. Elle vient, précédée d'un parfum d'huile chaude.

— J'ai fait une omelette au lard... dit-elle.

On a mangé tous ensemble chez Gondran. Et chacun s'est déboutonné.

— Moi, mon vieux, j'en menais pas large : ça prenait d'ici, ça prenait de là, ça craquait déjà sous mes pieds...

— Je me grattais, je me grattais, puis c'était ma chemise qui me brûlait le dos...

— Une pigne sur la gueule, oui, ça pétait comme des coups de fusil. Une pigne sur la gueule que j'ai reçue, je te dis, là, près de l'œil...

Tout ça dans le grand moulin des bras, et des coups sur la table que les verres en sautent. Arbaud embrasse

Babette ; il la marque de noir sur le front et les joues. Il veut, à toute force, porter un verre de vin et un biscuit à la petite Marie étendue sur son matelas. Elle sort des couvertures un poignet mince comme un fil, et les pattes d'araignée de ses doigts serrent le verre en tremblant.

— Ça peut pas lui faire de mal, aujourd'hui.

Aujourd'hui c'était un jour d'or. Jamais le vin n'a été si bon, ni l'omelette, ni le tabac.

— T'es une cuisinière d'auberge, dit Gondran en flattant Marguerite d'une claque sur les fesses.

Jaume, seul, boude à la joie, avec une épaisse barre d'ombre sur le front.

Certes, comme les autres, il sent, à fleur de peau, la caresse tiède et parfumée de la vie, mais, l'inquiétude est toujours couchée dans son cœur amer.

Avant d'entrer, il a regardé les Bastides entières, avec leur visage habituel, les quatre maisons sont accroupies sous le chêne. Mais, les champs !

On s'est battu, on a gagné, mais les coups de l'autre ont marqué dur.

De sa place il voit le lit de Janet, et Janet comme un tronc d'arbre sous les draps.

Tout à l'heure on a essayé de faire boire le vieux, et il a fait le mort. Comme Marguerite insistait, il a détourné la tête d'un geste sec. Il vient d'ouvrir les yeux ; son regard a glissé vers les hommes, clair et dur comme un couteau.

« On a gagné.

« On a gagné ; ça va bien.

« Ce que ça a coûté, on le verra tout à l'heure ; ça a coûté cher, j'en ai peur, très cher, mais on a gagné.

« On est tous là, entiers... Mais...

« Mais on est tous là, parce que ça a fini juste à temps.

« Juste à temps ; encore un peu, et on y passait. Ça durait encore dix minutes, et j'étais mort, et les Bastides y passaient. Il s'en est fallu de peu.

« Somme toute, c'est encore un coup comme pour la source, comme pour la dispute de Maurras, comme cette bête de chose sur Ulalie, que j'ai toujours dans la tête, depuis, comme la maladie de la petite Marie...

« On a gagné, encore ce coup-là, mais plus difficilement.

« On a laissé du poil.

« On a gagné encore ce coup-là, mais, le coup d'après ?

« La colline.

« Elle est toujours là, la colline.

« Janet ? Il est toujours là.

« On branle au manche. Si la colline tapait un peu fort, maintenant...

« Elle sera toujours là, la colline, contre nous, avec sa grande force méchante. Elle ne peut pas partir ; elle ne peut pas être battue une fois pour toutes.

« Cette fois on a gagné ; demain, c'est elle qui gagnera.

« C'est une affaire de temps ; qu'est-ce qu'on aura fait, au bout du compte ? On aura duré un peu plus ; c'est tout.

« Cette fois elle nous a manqués, de peu, mais manqués ; demain elle tapera en plein dedans.

« Et, qui sait, peut-être elle n'attendra pas demain.

« Elle est peut-être en train, déjà, d'accumuler la force dans ses muscles pour nous avoir d'un seul coup, et pour toujours avant qu'on ait seulement bu le café.

« Y a rien à faire. Il faudrait qu'elle oublie ; et puis qu'on vive ensemble comme on avait toujours vécu : en bons voisins, en bons amis, sans se faire de mal.

« Mais tant qu'il y aura Janet.
« Salaud.
« C'est lui qui a fait tout ça, avec sa tête.
« Ça marchait bien, avant ; elle n'avait jamais rien dit, jamais rien fait, contre nous. C'était une bonne colline. Elle savait de belles chansons. Elle bourdonnait comme une grosse guêpe. Elle se laissait faire ; on creusait jamais bien profond : un coup de bêche ou deux, qu'est-ce que ça peut faire ? On allait sur elle sans avoir peur. Quand elle nous parlait, c'était comme une source. Elle parlait avec ses sources froides et ses pins.
« Il a fallu qu'il s'en soit mêlé.
« Il a fallu qu'il sache ce sacré putain de secret pour la commander, la tenir à son loisir, l'enrager quand il veut.
« Il a fallu que ce soit ce salaud qui le sache.
« Il n'a plus que deux liards de vie et ça fait le mal.
« Il ne veut pas y aller seul ; il veut qu'on l'accompagne tous avec les femmes, les arbres, les poules, les chèvres, les mulets, tous, comme un roi...
« Sûrement il veut tous nous faire passer de l'autre côté en même temps que lui.
« Et ça a une vie comme un fil...
« Il faudrait pas lui laisser le temps... »

— Alexandre, donne ta tasse, dit Marguerite qui s'avance avec la débéloire.

— Je lui en laisserai pas le temps, pense Jaume, de la rage plein la tête.

Après le café, le marc. Sur la table il y a la petite bouteille que Jaume a trimbalée toute la matinée dans la poche.

Gondran plaisante en versant l'eau-de-vie :

— Si ç'avait été du lait, tu aurais fait du beurre.

Puis un silence béat ; des allumettes craquent ; on tape une pipe contre la table.

L'heure est fleurie comme un pré d'avril.

Subitement Jaume se dresse. On le regarde. Il est gêné. Babette n'ose plus tremper son sucre.

— Les hommes, il faudrait sortir. J'ai quelque chose à vous dire ; c'est sérieux.

On le voit que c'est sérieux à la tête de Jaume. Sous le poil non rasé, ses joues sont blanches comme de la cire de cierge.

— Bon, on y va.

Ils se dressent, inquiets et lourds. On ne quitte pas de bon gré ces pâquerettes qui fleurissaient l'heure.

— Allons sous le chêne. Il n'est pas nécessaire que les femmes entendent tout. On leur dira ce qu'on voudra leur dire, juste ce qu'il faut.

— Y a quelque chose qui ne va pas ? demande Gondran.

— Y a ça, qui ne va pas, fait Jaume, en montrant, audelà des Bastides, la terre, nue, balafrée, noire, où courent des fumerolles.

« Asseyons-nous, ce sera long.

« Je n'ai pas voulu vous le dire là-bas, pour plusieurs raisons : d'abord les femmes, puis pour une autre raison que vous comprendrez par la suite.

« Il y a quelque temps que j'y pense, comme ça, sans savoir au juste ; maintenant je sais, et je vais vous dire.

« Pourtant, avant, parce que c'est grave ce que je vais vous dire, grave pour moi, et pour vous aussi, selon qu'on sera d'accord ou pas, je veux savoir si vous avez confiance en moi. Je veux dire : si vous croyez que, vous demandant quelque chose, je vous le demande parce que c'est juste, et pour le bien de tous ?

Jaume a regardé surtout Maurras.

— Moi, je le crois, fait Maurras.

Il est sincère ; ça se voit.

— T'as jamais fait de mal, disent les autres.

Jaume est de plus en plus pâle.

— J'ai jamais fait de mal ; c'est sûr. Je me suis trompé comme tout le monde, mais, ça, ce n'est pas de ma faute. Cette fois, je ne me trompe pas. Je suis sûr de ce que je vais vous dire ; souvenez-vous de ça : j'en suis sûr. J'ai pas besoin de vous parler de ce qu'on a passé, cette nuit et ce matin ; quand je vous dirai qu'on l'a échappé tout juste, nous serons d'accord, n'est-ce pas ? Mais, vous croyez pas que ce feu, c'est encore une manigance dans le genre de celles qui sont déjà arrivées de ces temps-ci ?

— Comment tu veux dire ?

— Oui : tu te souviens, on était tranquille, il y a quelques mois ; ça allait, le blé venait bien, on vivotait à la douce entre la barrique, le saloir et la jarre. J'avais déjà touché un mot au courtier de Pertuis pour mes haricots et les prix étaient bons. Ça s'arrangeait bien.

« Tout d'un coup, ça a commencé. Si j'ai bonne mémoire, c'est parti du jour où Gondran est venu nous dire que Janet déparlait. On est venu chez toi, on l'a écouté ; ça m'a fait un drôle d'effet. A vous autres aussi, souvenez-vous, on se l'est raconté le soir même en sortant. Puis il y a eu l'affaire de Gondran avec son olivette du fond des terres. Ça sentait déjà un peu plus mauvais. Après ça, il est venu le chat. Depuis : la fontaine, la petite Marie, le feu... La fontaine, on a pu s'arranger ; la petite : ça n'a pas l'air d'aller plus mal, pas vrai, Arbaud, mais ça ne va pas mieux. Le feu, on ne sait pas encore.

« Quand j'ai vu le chat, je ne vous l'ai pas caché : je vous ai dit : "Gare les côtes" ; mais, à franchement parler, je ne croyais pas que ça aille si mal. Et, j'ai bien réfléchi : si, maintenant, après la fontaine, après le mal, après le feu, il y a encore quelque saloperie qui nous tombe sur le poil, qu'est-ce qu'on va faire ?

— ...

— On a pas mal été secoués.

...

— A parler de bon, s'il nous tombait dessus, ces jours-ci, un truc aussi raide que ce qui vient de tomber, nous y passons. C'est mon avis.

— Moi aussi, dit Arbaud.

— Et voilà le plus mauvais : si c'était tout des choses naturelles, ça irait bien ; on peut pas toujours avoir du malheur, on en sortirait mais, vous voulez que je vous le dise ? Tout ça c'est fait contre nous, nous et nos familles, les Bastides, quoi. Et par quelqu'un qui est plus fort que nous.

— Qui ?

Jaume regarde Gondran.

— Janet, dit-il lentement.

— L'est un peu rosse, le vieux, c'est vrai ça, dit Maurras.

Gondran ne pipe pas.

— Si je dis Janet, c'est que je le sais, c'est que j'en suis sûr. Je ne suis pas un homme à faire du tort à quelqu'un pour rien. Souvenez-vous bien : tout ce que j'ai dit, tout ce que je vais dire, c'est des choses dont je suis sûr, j'ai cherché les preuves, j'ai tout pesé en moi, j'en suis sûr.

Gondran tousse.

— Qu'est-ce qui te fait dire que t'en es sûr ? souffle-t-il ; je ne doute pas de toi, j'ai confiance mais, savoir ?

Pour voir un peu si c'est à ça que j'ai réfléchi, moi aussi.

— Ecoute : quand la fontaine est morte, et à la fin de notre virée dans la brousse sur la piste de la veine d'eau, nous sommes rentrés, un soir, à plate couture. J'en ai eu pour mâcher toute la nuit. Ça me paraissait extraordinaire qu'on n'ait rien trouvé. Notre terre de Lure est toute graissée d'eau et pour nous c'était de la chair de feu. Il m'est venu à l'idée que derrière l'air, et dans la terre, une volonté allait à la rencontre de la nôtre et que ces volontés étaient butées de front comme deux chèvres qui s'en veulent. Le bon droit était pour nous ; on cherchait en toute conscience, on ne pouvait pas faire autrement. Alors, pourquoi l'autre était si têtue ?

« Au matin j'allai voir Janet. Il est le plus vieux, il pouvait savoir des choses utiles. Il en savait ; il s'en est vanté mais il n'a pas voulu me les dire. Quand je n'ai pas pu guérir la petite Marie, j'ai encore pris sur moi de venir parler à Janet. C'était pas de bon gré, je vous l'assure, il m'avait déjà salement remballé. Cette fois-là, il s'est découvert. Ce qu'il m'a dit vous ne pouvez pas vous en faire une idée. Et, j'ai vu sa méchanceté, toute droite, devant moi, comme un homme. Il m'a dit que nous crèverions tous et que ça lui faisait plaisir, et qu'il faisait tout ce qu'il fallait pour ça. J'ai essayé de lui faire entendre raison, je me suis enragé, rien à faire. Et, c'est là, qu'il s'est mis à parler, comme s'il avait été la fontaine du mystère. Ça c'est tout construit : un monde né de ses paroles. Avec ses mots il soulevait des pays, des collines, des fleuves, des arbres et des bêtes ; ses mots, en marchant, soulevaient toute la poussière du monde. Ça dansait comme une roue qui tourne ; j'en étais tout ébloui. Tout par un coup, j'ai vu, net, l'ensemble des terres et des ciels, de la terre où nous sommes, mais transformé, tout verni, tout huilé, tout glissant de méchanceté et de mal. Là, où avant, je voyais un arbre, une colline, enfin des choses qu'on voit d'habitude, il y avait toujours un arbre, une colline, mais je voyais, au travers, leur âme terrible. De la force dans les branches vertes, de la force dans les plis roux de la terre et de la haine qui montait dans les ruisseaux verts de la sève, et de la haine qui palpitait dans la blessure des sillons. Et puis, j'ai vu quelqu'un, qui avait une épine à la main et qui déchirait les plaies pour faire monter la colère. »

Ils écoutent, les yeux ronds, béants, la lèvre pendante, l'œil élargi, les mains immobiles, accablés par l'apparition des harpies de l'herbe.

— Je l'ai vu bouger, la colline, murmure Gondran.
— Et, c'est Janet qui tient l'épine, termine Jaume. La sueur coule de son front blanc.
— Le salaud, fait Arbaud.
— Heureusement de toi, dit Maurras.

Un silence tombe. Depuis l'incendie, le silence est encore plus lourd qu'avant ; les arbres ne le tiennent plus relevé au-dessus des hommes, il écrase la terre de tout son poids. Puis, du milieu de la lande noire monte le hurlement d'un chien.
— Alors ?
— Alors, c'est lui, faut pas douter.
— Janet ?
Gondran se mord la main, cette main énorme qui ne

peut rien dans l'affaire. Il l'enlève enfin de devant sa bouche pour laisser sortir sa pensée.

— C'est bien ça, je ne disais rien, mais j'avais compris. Pas comme tu le dis, tu es plus fort que nous, mais je m'en doutais. Tu as raison, c'est de Janet que ça vient, mais y a rien à faire.

— Si.

— Quoi ?

Sous la lèvre de Jaume on voit une dent toute jaune ; elle disparaît.

— Il faut le tuer, dit-il.

Ça ne rentre pas tout d'un coup, des idées comme ça :

— Nom de Dieu ! fait Arbaud, quand il a compris.

Maintenant que la chose énorme et lourde est sortie, Jaume respire mieux. Il est devenu subitement tout rouge ; de grosses veines serrent ses tempes comme les racines d'un chêne. Il parle d'une voix sans élan qui passe juste sa bouche, puis tombe le long de lui, et, il est au sein de ses paroles la personnification de son idée, comme un saint de bois dans son manteau.

— Il faut le tuer, c'est le seul moyen. Il est peut-être déjà en train de combiner ce qui doit nous tuer, nous autres. C'est une question de savoir si nous voulons vivre, si nous voulons sauver Babette, les petites, les Bastides. Il ne nous reste plus que ça, pour nous défendre. Nous avons lutté contre le corps de la colline, il faut écraser la tête. Tant que la tête sera droite, on risquera la mort.

— C'est un homme, dit Gondran.

— C'est pas un homme, dit Jaume. Un homme : toi, moi, nous autres, nous avons le respect de la vie. Nous sommes devant la vie comme quand nous portons une petite lampe et que le vent souffle ; nous l'abritons dans notre main, nous avons peur devant elle. Tu as pris souvent des petits poulets, dans ta main, des petits poulets tout chauds qui tiennent juste dans le creux de la paume ? Quand ils sont là, bien entre les doigts, si tu serrais un peu, tu les écraserais. Jamais nous n'avons eu seulement la tentation de le faire : parce que nous sommes des hommes. Lui, c'est pas des poulets qu'il a dans la paume de la main, c'est nous ; et nous avons déjà senti qu'il serrait les doigts, et qu'il avait l'intention de les serrer jusqu'au bout. C'est pas un homme.

— Oh, moi, je ne vous contredis pas, continue Gondran, doucement, je le sais, j'ai pas vécu vingt-cinq ans avec lui sans le connaître. Je suis de ton avis, c'est de lui que tout vient, et... il faudrait le tuer, comme tu dis, si on veut s'en tirer, mais, il n'a plus qu'un petit fil de souffle ; y aurait peut-être pas longtemps à attendre, ça se ferait seul...

— Et si tu attends, jette Jaume, si tu attends, il te fera du mal tant qu'il lui restera une goutte de vie. Plus il sera près de sa fin plus il sera méchant. Au bout du compte, si on attend, on passera de l'autre côté, le même jour : lui devant, nous derrière, comme une procession de pénitents. Qu'est-ce qu'il risque ?

— T'as raison, dit Gondran ; moi, ce que j'en dis, c'est parce que c'est le beau-père ; tu comprends ? Et puis, il faudrait peut-être en parler à Marguerite.

— Va la chercher, faut en finir de ce soir.

Gondran vient d'entrer aux Monges.

Jaume regarde Arbaud et Maurras.

— Tant vaut qu'on règle ça une bonne fois pour toutes, dit-il.

Et les deux autres ont répondu, ensemble et résolus :

— Oui, c'est sûr, et puis, « basta ».

Avec Marguerite ça a été vite fait.

Quand Gondran est entré aux Monges, les trois hommes ont eu subitement peur de Marguerite. Ils la voyaient déjà voler au-dessus des herbes, les ongles en avant, la bouche pleine de cris. Jaume avait tout préparé contre elle : « J'y dirai : Et ça, alors, tu veux que ça redevienne de l'herbe sauvage ? J'y dirai... »

Non, avec Marguerite il n'a pas eu besoin de rien dire, ça a été vite fait. Elle est venue cahin-caha en écrasant lourdement l'herbe, et, elle est là maintenant qui pleure, accroupie contre l'abreuvoir.

Ils se sont écartés d'elle pour finir la chose.

— Il n'y a que toi qui peux le faire, souffle Jaume à Gondran ; il ne se méfiera pas de toi.

— Avec quoi ?

— Avec les mains. Au point où il en est, il en faut peu.

— C'est là, dit Maurras en montrant sa nuque. J'ai été boucher, au régiment, je sais. Là, comme pour les lapins. Un coup sec, puis tu lui mets l'oreiller sur la figure.

— Fais voir, demande Gondran.

Maurras baisse la tête et fait toucher à Gondran le nœud des vertèbres.

— Juste là, avec le tranchant de la main.

— Il saignera ?

— Non, si tu tapes bien sec. Peut-être une goutte, ne regarde pas, mets l'oreiller dessus, et reste un moment appuyé.

Un silence, et les quatre hommes immobiles. D'un coup, Gondran se décide : un pas, le plus dur, puis il va, d'un bloc, le dos rond, les bras raides, les mains loin de son corps, comme s'il avait peur de tacher son pantalon avec elles. A chaque pas il semble qu'il s'assure de la solidité de la terre.

Dans le soir gris un vautour de Lure passe, les serres ouvertes.

Un cri. La porte claque puis, Babette qui court en perdant ses fichus.

— Il est mort, Janet est mort, venez vite.

Sur la terrasse la vieille Madelon paraît. Doucement, sans grande émotion, elle fait signe : « Venez. »

Gondran allait entrer aux Monges. Il fait un saut en arrière pour bien se dégager de la porte, pour bien faire voir qu'il n'y est pour rien, qu'il n'est pas entré, que Janet est mort de la mort, tout simplement.

Babette est là-bas sous le chêne, elle explique avec des gestes qui font écrouler son chignon. Elle le relève tout en parlant et, soudain, Gondran est ému par l'arc de ces beaux bras dressés. La vie revient sur lui comme une grande vague rugissante. Il a les oreilles pleines de musique, et il s'assied, lourdement par terre, comme un homme ivre.

C'est vrai, Janet est mort.

Ils ont quitté leurs chapeaux. Jaume a posé sa pipe sur le buffet, et comme elle fume encore un peu il va la taper dehors en étouffant le bruit. Marguerite renifle des sanglots courts, sans larmes.

— Gritte, il faut l'habiller pendant qu'il est encore

chaud. Après, il serait trop raide. Donne-nous sa veste du dimanche.

Pour que Gondran et Maurras puissent lui passer le pantalon de velours, Jaume a pris le cadavre à bras-le-corps, sous les aisselles, et la tête molle de Janet se renverse sur l'épaule de Jaume.

On l'a étendu sur le lit. On a serré sa mâchoire avec un foulard blanc.

— Gritte, ferme les volets ; allume un cierge, nous le veillerons, nous les hommes. Vous, les femmes, allez vous coucher.

Gondran fouille dans un tiroir de la commode. Il cherche une pipe.

— T'as encore du tabac, toi ? demande-t-il à Arbaud.

La nuit est venue, épaisse et sombre. Au fond, vers Manosque, l'incendie brûle encore un peu. Un grillon chante sur la terrasse.

Gondran, à califourchon sur une chaise, les yeux clos, tète doucement sa pipe.

Et Janet regarde toujours le calendrier des postes.

Ils sont restés, comme ça, à rien dire, à fumer jusque vers les onze heures de la nuit ; et, en même temps que le dernier coup sonnait à la haute pendule, Jaume a dressé la main et a dit : « Ecoutez. »

Dehors, au fond de l'ombre, un bruit.

Ils se sont dit, en eux-mêmes : le vent ? la pluie peut-être ? mais ils en avaient froid aux tempes.

Ils sont allés ouvrir la porte ; ils ont tendu l'oreille... Et il leur est venu la même idée :

— Prends la lanterne.

Ils sont sortis. A ce moment-là, déjà, ils ne pouvaient plus douter, mais ils ont voulu s'en assurer des yeux et de la main.

La fontaine coule.

Maurras regarde vers la porte des Monges, d'où suinte la lumière jaune des cierges mortuaires. Il touche le bras de Jaume :

— Eh, dit-il, c'était moins cinq.

On a attendu les vingt-quatre heures réglementaires, et, ce soir, on a enseveli Janet à la lisière des terres respectées par l'incendie.

La caisse, c'est Maurras qui l'a faite, et c'est Babette qui a lu, au-dessus du trou, un passage de son livre de messe.

En revenant, Gondran a dit à Jaume :

— Tu devrais aller à Manosque, demain, pour les formalités. M. Vincent te fera un certificat, puis tu iras à la mairie...

— J'irai, mais demain après-midi ; je descendrai jusqu'aux Plaines, et je prendrai le courrier de Banon. Qu'est-ce que tu en dis, Ulalie ?

Ils sont rentrés chez eux. Ulalie, qu'une mystérieuse inquiétude agite, tourne autour de la table et regarde la fenêtre pleine de nuit et d'étoiles.

— Fais comme tu veux.

Cela n'empêche que, ce matin, il est debout dès les six heures. Ce n'est pas une petite affaire d'aller à Manosque. Il faut sortir les beaux habits, les déplier, épousseter la naphtaline, chercher un foulard, brosser le chapeau, cirer les souliers, se raser...

En faisant mousser le savon avec la belle eau claire de la fontaine, il pense à ce matin, pas loin, où Gondran se rasait avec du vin. Maintenant, sur Janet, il y a deux mètres de bonne terre bien tassée, et la source est revenue. C'était moins cinq, comme a dit Maurras. Il en avait assez, il est las ; il a maigri. Il pense à des fleurs, à des prairies de foin en fleur ; à des appels de femmes qui tournent le foin.

— Oh, Jaume, cria Arbaud, d'en bas.

Il n'est pas encore bien guéri : il a aussitôt tressauté, mais, en ouvrant la fenêtre, il a vu, derrière le chêne, la petite bosse de terre fraîche, longue comme un homme...

— Après...

— Je viens du val de Bournes. Y a un mort, là-bas ; ce doit être Gagou.

Ah, on n'a pas pensé à Gagou, dans ces deux jours.

— ... Il est tout ratatiné comme un cigalon. Je crois bien que c'est lui. J'ai un peu regardé sa figure. Les rats y ont mangé le nez. Je l'ai reconnu à sa grande dent. Je vais le dire à Gondran.

Gagou ! C'est pas fini, alors ! Il y a encore cette chose, dans la cervelle de Jaume, ces mots de Janet, qui ne sont pas morts, eux.

Ah, puisqu'on est dans les choses cruelles, tant vaut trancher aussi ça, tout de suite ; un peu souffrir, et puis savoir.

Il se remet à sa barbe.

Ulalie entre, portant la cruche.

Et, sans s'arrêter de passer le savon :

— Dis, Ulalie, y a Arbaud qui vient de trouver Gagou mort. Tout brûlé. En bas, à Bournes. Les rats y ont mangé le nez.

— Je sais, j'ai entendu.

Elle quitte la cruche sous l'évier.

Il la regarde dans la glace, sans cesser de passer le pinceau sur sa vieille barbe.

— Où tu dis qu'il est ?

— A Bournes.

Elle va au coin des outils ; elle fouille dans la ferraille et prend la bêche neuve.

Il suit tous ses gestes dans la glace.

Elle touche le tranchant de la bêche, puis elle va à la porte. Jaume se retourne. Il essaye de se tourner lentement ; il essaye de parler clair, et c'est un souffle sourd qui passe entre la mousse de savon :

— Où vas-tu ?

— Où tu dis qu'il est, fait encore une fois Ulalie.

Ils se regardent dans les yeux, bien en face ; et, imperceptiblement, Ulalie lâche les traits de son visage : un pli se creuse près de sa bouche, remonte, la paupière tremble... Elle tire doucement la porte sur elle et descend.

Ainsi c'est donc vrai ?

Il y a deux mètres de terre sur Janet, et, dans la bouche de Janet il y a déjà de la pourriture, mais, les paroles qu'elle a semées sont vivantes comme de mauvaises herbes.

— Ah, tu dois rire, vieux salaud. Tu m'as eu quand même. Maintenant, de ça, j'en ai pour ma vie, à mâcher et remâcher de la rue.

Il lui prend soudain le doux désir de s'abandonner dans le vent du destin comme dans une bourrasque qui colle aux reins et emporte.

Un peu de repos ! Du repos, et des seuils chauds pour boire le soleil et fumer la pipe !

Ulalie est revenue.

Jaume est fin prêt. Tout rasé, un foulard de coton blanc noué lâche découvre sa pomme d'Adam rousse et pointue. Sa veste de velours a gardé les plis de l'armoire. Sur la chaise, à côté de lui, son chapeau de feutre clair à larges bords et son bâton.

Elle est revenue. C'est dans les midi et demi.

Avant de rentrer à la maison, elle a raclé sa bêche, soigneusement, avec une petite pierre plate, pour faire tomber la terre.

Le père est à table, seul, devant une assiettée de jambon et un litre de vin.

Elle va au coin des outils, pose la bêche, essuie ses mains à son tablier, se retourne...

Elle a sa figure de tous les jours ; seulement, sa lèvre du dessus déborde sa lèvre de dessous. Sa mince bouche en est tout effacée.

— Y a pas de soupe ? dit Jaume.

— Non, j'ai pas eu le temps.

Elle s'assied près de la table, les mains aux genoux, sans rien dire.

— Tu ne manges pas ?

— J'ai pas faim.

Elle avale péniblement une salive épaisse. Un rêve lourd pèse dans sa tête.

Et, tout d'un coup, au bout du silence, elle dit, d'une petite voix plaintive, et comme si elle se parlait à elle-même :

— Et moi, qu'est-ce que je vais faire, maintenant ?

Il la regarde : sa fille ! La Lili qui courait sous les pommiers avec son bavolet blanc. Elle est bien laide ; mais au fond de ses paupières rouges, les yeux luisent comme du charbon cassé.

C'est vrai, pourtant. Il faut donc qu'elle travaille sans jamais de joies de femme ?

C'est l'heure de partir. Jaume se lève.

— Ulalie, dit-il, écoute : on pourrait prendre un petit gars de l'assistance. Seize ans. C'est des hommes faits, et on les mène comme on veut, tu sais ?

Ils sont assis, Jaume et Gondran, sur la margelle de la fontaine. Ils boivent l'absinthe. La bouteille danse sur les eaux fraîches de l'abreuvoir. C'est le crépuscule, à l'époque des étoiles froides.

— Elle est bonne notre eau.

L'ombre de Lure couvre la moitié de la terre. Des maisons vient un bruit de vaisselle et le chant d'une berceuse d'enfant.

— Aphrodis envoie sa petite à Pertuis, chez sa grand-mère, pour lui faire changer d'air.

— Ça a l'air de mieux aller.

— Oui, comme le reste.

— Ah, tu sais, nous gardons le chat. Il est des Grandes Bastides. Tu te souviens, quand Chabassut m'a apporté une charretée de foin ? Il était couché dedans, paraît ; c'est son chat. L'est bien brave. C'est une bonne bestiole ; elle attrape les rats, faut voir ça.

— Tu commences pas encore à labourer, Alexandre ?

— Demain.

L'odeur métallique du cresson fume des ruisselets que la fontaine emplit. La fontaine chante une longue mélopée qui parle de pierres froides et d'ombres. L'abreuvoir vivant palpite.

Soudain Jaume se baisse et pose son verre dans l'herbe.

— Regarde, dit-il à voix basse.

Sur la pente, vers le désert, une forme noire bouge. Un sanglier.

— Ah l'enfant de pute !

Déjà Jaume a pris le fusil et l'épaule. Il vise à deux fois, posément, avec la volonté de tuer. Le coup déchire les bruits familiers de la fontaine et des maisons.

— Il en a.

— Oh, oh, crie Arbaud des champs.

— Oh, crie Maurras de l'olivette.

Ils courent, les quatre, vers la bête qui se débat en faisant voler les mottes de terre.

C'est un gros marcassin, tout hérissé, comme une châtaigne. La chevrotine l'a éventré et le sang gargouille entre ses cuisses. Il essaye de se dresser encore sur ses pattes ; il hurle en découvrant ses grandes dents blanches de fouisseur.

Et c'est Maurras qui l'achève à coups de serpe.

On l'a écorché tout chaud, et l'on s'est partagé la viande à pleines mains. Et les hommes se sont lavé les mains dans l'abreuvoir d'eau claire. Jaume s'est réservé la peau. Il l'a étendue sur deux baguettes de saule et il l'a pendue à la branche basse du chêne pour que la rosée l'assouplisse.

Maintenant c'est la nuit. La lumière vient de s'éteindre à la dernière fenêtre. Une grande étoile veille au-dessus de Lure.

De la peau qui tourne au vent de nuit et bourdonne comme un tambour, des larmes de sang noir pleurent dans l'herbe.

Dans la collection
Les Cahiers Rouges

(dernières parutions)

Lou Andreas-Salomé	*Friedrich Nietzsche à travers ses oeuvres*
Jacques Audiberti	*Les enfants naturels*
François Augiéras	*L'apprenti sorcier*
François Augiéras	*Domme ou l'essai d'occupation*
François Augiéras	*Un voyage au mont Athos*
François Augiéras	*Le voyage des morts*
Marcel Aymé	*Vogue la galère*
Jurek Becker	*Jakob le menteur*
Louis Begley	*Une éducation polonaise*
Julien Benda	*La tradition de l'existentialisme*
Emmanuel Berl	*La France irréelle*
Tristan Bernard	*Mots croisés*
Princesse Bibesco	*Le confesseur et les poètes*
Lucien Bodard	*La vallée des roses*
Alain Bosquet	*Une mère russe*
Jacques Brenner	*Les petites filles de Courbelles*
Charles Bukowski	*Factotum*
Michel Butor	*Le génie du lieu*
Truman Capote	*Prières exaucées*
Hans Carossa	*Journal de guerre*
André Chamson	*Le crime des justes*
Jacques Chardonne	*Ce que je voulais vous dire aujourd'hui*
Bruce Chatwin	*Utz*
Emile Clermont	*Amour promis*
Jean Cocteau	*Reines de la France*
Jean-Louis Curtis	*La Chine m'inquiète*
Léon Daudet	*Souvenirs littéraires*
Degas	*Lettres*
Joseph Delteil	*La Deltheillerie*
Joseph Delteil	*Jésus II*
Joseph Delteil	*La Fayette*
André Dhôtel	*L'île aux oiseaux de fer*
Maurice Donnay	*Autour du Chat Noir*
Robert Dreyfus	*Souvenirs sur Marcel Proust*
Alexandre Dumas	*Catherine Blum*
Alexandre Dumas	*Jacquot sans Oreilles*

Oriana Fallaci	*Un homme*
Ramon Fernandez	*Molière ou l'essence du génie comique*
Ferreira de Castro	*La mission*
Max-Pol Fouchet	*La rencontre de Santa Cruz*
Georges Fourest	*Le géranium ovipare*
Georges Fourest	*La négresse blonde*
Gabriel García Márquez	*L'automne du patriarche*
Gabriel García Márquez	*Récit d'un naufragé*
David Garnett	*La femme changée en renard*
Maurice Genevoix	*Raboliot*
Jean Giono	*Jean le Bleu*
Jean Giono	*Que ma joie demeure*
Jean Giono	*Le Serpent d'Étoiles*
Jean Giono	*Un de Baumugnes*
Jean Giono	*Les vraies richesses*
René Girard	*Mensonge romantique et vérité romanesque*
Jean Giraudoux	*Églantine*
Jean Giraudoux	*Supplément au voyage de Cook*
Yvette Guilbert	*La chanson de ma vie*
Louis Guilloux	*Hyménée*
Jean-Noël Gurgand	*Israéliennes*
Kléber Haedens	*Magnolia-Jules/L'Ecole des parents*
Daniel Halévy	*Pays parisiens*
Knut Hamsun	*Au pays des contes*
Pierre Herbart	*Histoires confidentielles*
Henry James	*Les journaux*
Pascal Jardin	*Guerre après guerre*
Marcel Jouhandeau	*Les Argonautes*
Ernst Jünger	*Rivarol et autres essais*
Franz Kafka	*Journal*
Jean de La Varende	*Le Centaure de Dieu*
Armand Lanoux	*Maupassant, le Bel-Ami*
Jacques Laurent	*Croire à Noël*
G. Lenotre	*Napoléon - Croquis de l'épopée*
G. Lenotre	*Versailles au temps des rois*
Antonine Maillet	*Les Cordes-de-Bois*
Antonine Maillet	*Pélagie-la-Charrette*
Luigi Malerba	*Le serpent cannibale*
Eduardo Mallea	*La barque de glace*
Clara Malraux	*Nos vingt ans*
Heinrich Mann	*Le sujet !*
Thomas Mann	*Les maîtres*
François Mauriac	*Les chemins de la mer*
François Mauriac	*Le mystère Frontenac*
François Mauriac	*La robe prétexte*
Jean Mauriac	*Mort du général de Gaulle*

André Maurois *Le cercle de famille*
Frédéric Mistral *Mirèio-Mireille*
Thyde Monnier *La rue courte*
Paul Morand *Rien que la terre*
Sten Nadolny *La découverte de la lenteur*
Gérard de Nerval *Poèmes d'Outre-Rhin*
Edouard Peisson *Le pilote*
Édouard Peisson *Le sel de la mer*
Sandro Penna *Poésies*
Sandro Penna *Un peu de fièvre*
Raoul Ponchon *La muse au cabaret*
Henry Poulaille *Pain de soldat*
Bernard Privat *Au pied du mur*
Raymond Radiguet *Le diable au corps*
Charles-Ferdinand Ramuz *Le garçon savoyard*
Charles-Ferdinand Ramuz *Jean-Luc persécuté*
Charles-Ferdinand Ramuz *Joie dans le ciel*
Paul Reboux et Charles Muller *A la manière de..., T.I*
Paul Reboux et Charles Muller *A la manière de..., T.II*
Christiane Rochefort *Archaos*
Christiane Rochefort *Printemps au parking*
Auguste Rodin *L'art*
Henry Roth *L'or de la terre promise*
Claire Sainte-Soline *Le dimanche des Rameaux*
Peter Schneider *Le sauteur de mur*
Victor Serge *Les derniers temps*
Ignazio Silone *Fontamara*
Osvaldo Soriano *Je ne vous dis pas adieu...*
Osvaldo Soriano *Quartiers d'hiver*
Roger Stéphane *Portrait de l'aventurier*
Pierre Teilhard de Chardin *Genèse d'une pensée*
Pierre Teilhard de Chardin *Lettres de voyage*
Frédéric Vitoux *Bébert, le chat de Louis-Ferdinand Céline*
Ambroise Vollard *En écoutant Cézanne, Degas, Renoir*
Kurt Vonnegut *Galápagos*
Walt Whitman *Feuilles d'herbe t.2*
Jean-Didier Wolfromm *Diane Lanster*
Jean-Didier Wolfromm *La leçon inaugurale*
Stefan Zweig *Magellan*
Stefan Zweig *Marie Stuart*
Stefan Zweig *Marie-Antoinette*
Stefan Zweig *Souvenirs et rencontres*

Cet ouvrage a été réalisé par

FIRMIN DIDOT
GROUPE CPI

Mesnil-sur-l'Estrée

pour le compte des Éditions Grasset
en avril 2002

Imprimé en France
Dépôt légal : avril 2002
N° d'édition : 12326 – N° d'impression : 59154
ISBN : 2-246-12294-5
ISSN : 0756-7170